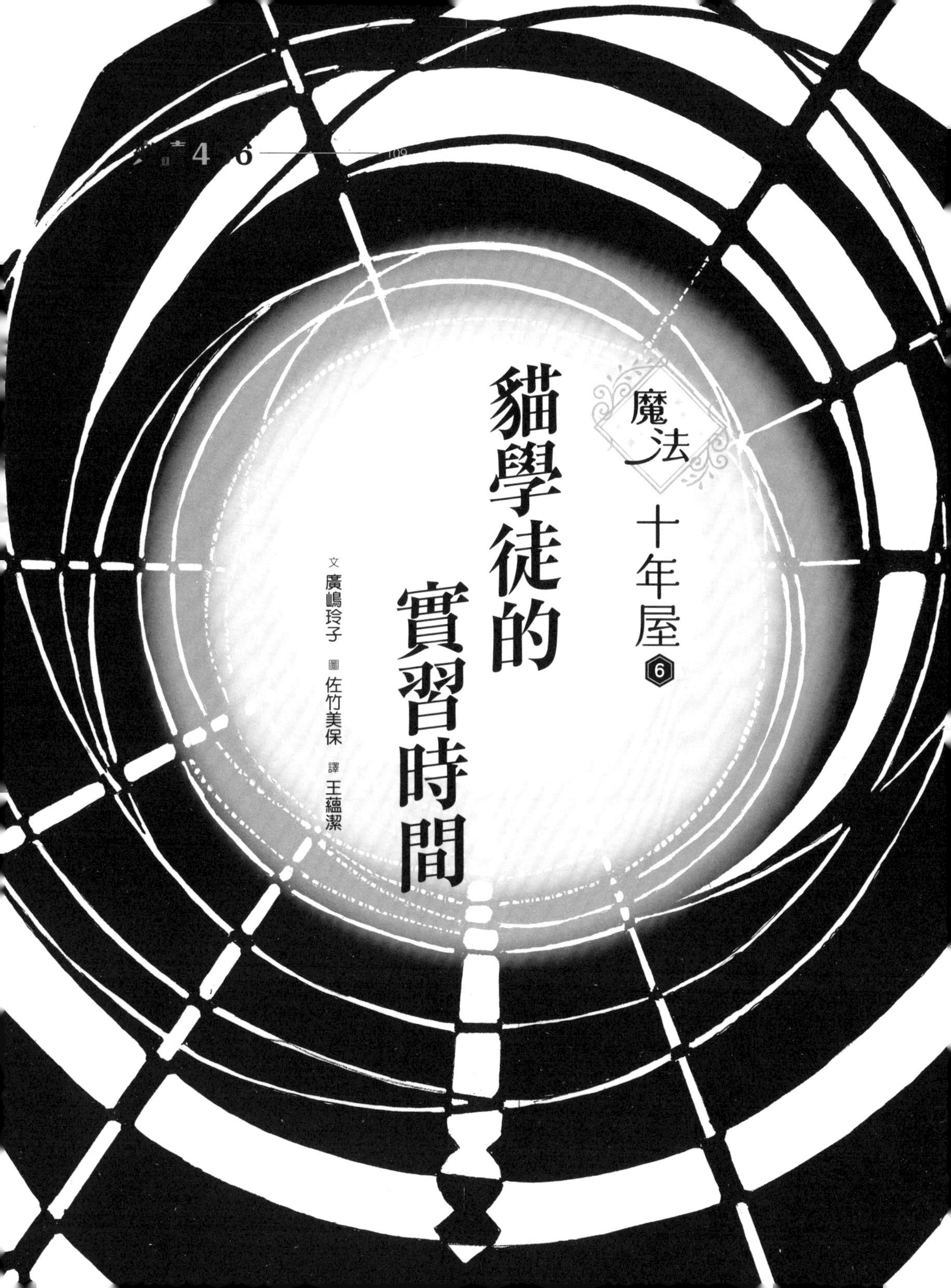

4 6 109

魔法十年屋 6

貓學徒的實習時間

文 廣嶋玲子
圖 佐竹美保
譯 王蘊潔

魔法十年屋6 貓學徒的實習時間

目錄

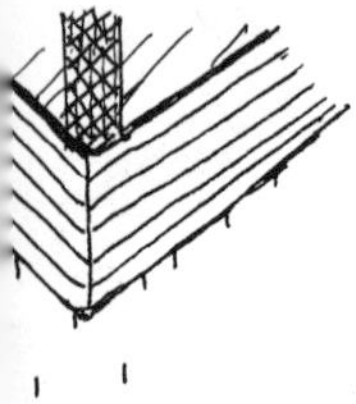

序章

有些心愛的物品，即使壞了也捨不得丟。

正因為是充滿回憶的物品，所以也希望把它們好好保管在某個地方。

無論是有意義的物品、想要保護的物品，或是想要保持距離、不想見到的物品……

如果您有這樣的物品，歡迎光臨「十年屋」。

本店將連同您的回憶，妥善保管您的重要物品。

1 小學徒

昏暗的小巷深處，一隻小貓奄奄一息的躺在冰冷髒亂的地上。

小貓太小了，只有手掌那麼大。眼睛滿是眼屎，身上的毛也亂糟糟，黏了很多汙垢。牠已經氣若游絲，甚至無法發出叫聲。

然而，並沒有人發現這隻小貓。

即使有人發現，大部分人都不會採取任何行動。他們會覺得「雖然小貓很可憐，但恐怕沒救了」；或是視若無睹，覺得「反正會

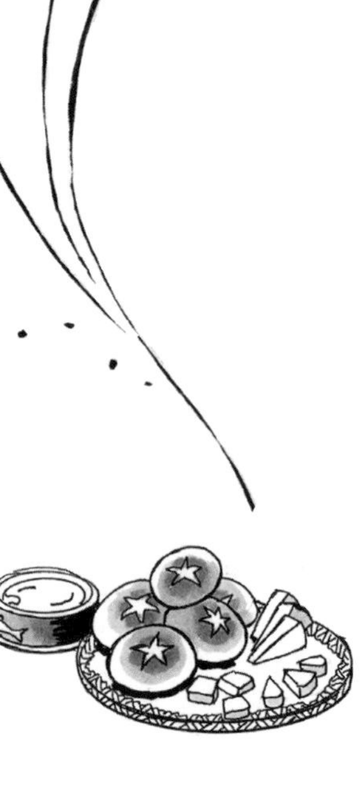

有好心人救牠，不需要自己多管閒事」。寶貴的時間一分一秒過去，小貓的生命就像是沙漏裡的沙子般慢慢流失。

小貓無力的閉上眼睛。牠的眼睛幾乎已經看不見了，之前還會感到飢寒交迫、痛苦不堪，現在也漸漸麻木了。

但是，牠很孤單，牠太孤單了。

不久之前，身邊還有溫暖強大的媽媽保護牠，但是不知道什麼時候和媽媽走失了，只剩下牠孤單一隻小貓。

孤獨真的很可怕。

希望有人發現自己，真希望有誰能夠發現自己。

小貓拚命掙扎，再次用力睜開眼睛。這時，牠發現有一道光向自己靠近。

一個女人的頭頂發出了光。那個女人看起來開朗善良，一頭波浪般的金褐色頭髮，穿著方便行動的服裝，身上背著一個大背包。她那雙嫩草色的眼睛直盯著小貓。

「有人發現我了！」小貓內心歡呼起來。

女人也興奮的點著頭。

「哎呀呀，沒想到會在這種地方發現你，我真是太幸運了。小貓咪，你安全了。我會把你送到你該去的地方。」女人說完，把小貓抱在懷裡。

小貓在溫暖的雙手中安心的閉上了眼睛。因為牠知道，自己再也不會孤單了。

✻

在離普通人生活區域有一小段距離的地方，有一個叫黃昏小路二丁目的地方。住在這條街上的人都有魔力，也就是魔法師。

這些魔法師各自開店，等待需要自己魔法的客人上門。

其中有一個名叫十年屋的魔法師。

雖然他身上散發出一種不知道走過多少歲月的感覺，但外表看起來是一位身材修長、造型瀟灑的年輕人。他有一雙神祕的琥珀色眼睛，一頭柔軟的栗色頭髮，戴著銀框眼鏡，穿著深棕色背心和長褲，脖子上總是繫著漂亮的絲巾。

十年屋身旁有一隻渾身毛髮蓬鬆的橘貓客來喜。

客來喜也不是普通的貓。這個勤快的管家貓穿著一件刺繡的黑色背心，總是忙碌的下廚做菜和做點心，或是認真打掃會客室，整天忙得不可開交。

十年屋和客來喜一起工作多年，合作無間，他們目前的關係比起主人和管家，更像是親密無間、無可取代的好朋友。

也許是這個原因，客來喜對十年屋說話也比以前大膽了。

這一天也一樣，十年屋正悠閒的站在洗手臺的鏡子前繫著奶茶色的絲巾，客來喜雙手插腰對十年屋說：

「老闆，你今天無論如何都要整理一下店裡喵！東西越來越多，即使客人上門，也會以為這裡是倉庫，轉身就逃走喵！」

「嗯……改天再整理不就好了嗎？」

「你每次都這麼說，一直拖到今天都沒有整理喵！今天一定要整理喵！」

「真受不了，本店的管家貓太嚴厲、太認真了，原本以為貓都很輕鬆悠閒。如果可以等到明天再整理，我今天就去市場，買超好吃的魚罐頭給你。」

「我不是會被賄賂收買的管家貓喵！」

「好好好，我知道了，我整理就是了。」

十年屋無奈的聳聳肩，走去店裡。

客來喜要求十年屋整理，是因為店裡的確非常凌亂。店內堆滿了各式各樣的物品，成堆的小山幾乎快頂到天花板了。

坐在後方的櫃臺前，根本沒辦法看到出入口的大門。店裡的通道也被物品淹沒了，只能在堆積如山的物品之間，勉強擠出一條可以讓一個人走路的縫隙。

不知道要花多少時間，才有辦法把這些東西整理得井然有序。十年屋看著眼前這些東西，忍不住垂頭喪氣。

但是，客來喜已經俐落的穿好圍裙，頭上綁了三角巾，摩拳擦掌，準備好好整理一番了。

真是夠了。十年屋嘆著氣，決定先把書籍歸類在一起。

但是，當他伸手準備去拿書時，聽到了「叮鈴鈴」的清脆鈴聲，接著又聽到一個開朗的聲音。

「打擾了。」

「啊啊啊……」客來喜發出了絕望的聲音。

「哎喲！老闆，都怪你磨磨蹭蹭，結果現在客人上門了喵！」

十年屋吃了一驚，因為他發現那個客人的聲音很耳熟。

「不，這個聲音……該不會是覓娜？」

「你說對了。」

一個女人從堆積如山的物品後方探出頭。

客來喜從來沒有見過這個女人。她的年紀大約四十歲左右，一頭金褐色頭髮，表情活潑開朗。因為皮膚晒得很黑的關係，看起來就像是體力充沛的農家太太。

她的雙眼特別令人印象深刻。嫩草色的眼睛亮晶晶，有一種任何微小細節都逃不過她法眼的魔力。

她身上的裝扮也很不同尋常，一身輕鬆自在的服裝，簡直就像一位探險家，身上背了一個好像用各種郵票貼起來的背包，頭頂上的帽子竟然是一盞提燈，散發出柔和的光芒。

她是誰？客來喜納悶的歪著頭，而牠身旁的十年屋露出了親切的微笑。

「覓娜，好久不見。」

「真的好久不見了。十年屋，你還好嗎？因為每次看到你，你的樣子都完全沒變，讓我有一種奇妙的懷念感覺。」

「是啊，不過你不在的這段期間，發生了很多變化。比方說，你看，我現在有一個工作夥伴了。」十年屋說完，向她介紹了客來喜。

「這是我的管家貓客來喜，牠很擅長下廚，也很會做點心。如果你時間允許，一定要嚐嚐客來喜做的菜。客來喜，這位是覓娜，是尋覓魔法師。」

「尋覓魔法師？」

「對，就是專門尋找失物的魔法師。哈哈哈，你一臉納悶的表情，是不是在想，為什麼你完全不認識？這也不能怪你，因為覓娜是黃昏小路二丁目裡，唯一沒有開店的魔法師。」

「沒有開店喵？」

客來喜大吃一驚，而覓娜笑著點了點頭。

「是啊，因為我的工作就是四處走訪，尋找各式各樣的東西，如果開了店，整天被綁在店裡，不就無法自由行動了嗎？」

「原、原來是這樣喵。啊，忘了自我介紹，我是管家貓客來喜，請多指教喵。」

客來喜深深鞠躬，覓娜也向牠點頭打招呼。

「請多指教，我是尋覓魔法師覓娜，呵呵呵，客來喜，很高興認識你。因為你很有名，大家都稱讚你是優秀能幹的管家貓，我一直希望有機會見到你。」

「啊？是這樣喵？客來喜很有名喵？」客來喜太高興了，連鬍鬚都豎了起來。

覓娜笑著對客來喜點點頭，接著用嚴肅的表情看向十年屋說：

「不瞞你說，我今天發現了一個非常特別的孩子。不好意思，突然提出這樣的要求，可不可以請你們照顧牠一陣子？」

「特別的孩子？」

「對，就是牠。」

覓娜輕柔的從鼓起的背包裡拿出了什麼。

十年屋和客來喜看到她手上的東西，都大吃一驚。

乍看之下，以為是一團髒兮兮的凌亂毛線球，沒想到竟然是個有生命的動物。

「這……不是小貓嗎？」

十年屋驚訝的問，客來喜也同樣大聲叫了起來。

「牠、牠還活著喵？」

「別擔心，牠只是睡著了。而且牠不是普通的小貓，而是隱藏了魔力的小貓。」

「隱藏了魔力的小貓……」

「沒錯，只要好好教導，就可以成為出色的使役靈小幫手。我會喚醒牠，但之後就要交給你們了。我希望牠可以在這裡學習……雖然最好是由我教導牠，但是我接下來打算去魔法森林探索。」

「魔法森林……我聽說過那裡，你去不會有危險嗎？」

「不必為我擔心，但是那裡的確危機四伏，所以我無法帶小貓同行，就想到把牠留在這裡。而且我相信牠在能幹的管家貓指導下，一定有很多學習機會，成為優秀的小幫手。」

覓娜說完，向客來喜使了一個眼色。

客來喜忍不住緊張起來。自己要照顧這隻小貓，讓牠以後成為出色的小幫手。這不就代表小貓要成為自己的徒弟嗎？

客來喜還愣在原地，十年屋已經點點頭說：

「如果是這樣，我沒有問題。客來喜，你覺得呢？不願意嗎？」

「不、不、那個……我、我有能力做到喵？」

「做到什麼？」

「指導小貓呀。我真的有辦法指導牠喵？」客來喜一臉很沒有自信的問。

十年屋溫柔的摸了摸牠的頭說：

「別擔心，你是最出色的管家貓，一定有能力出色的指導牠，這件事我拍胸脯對你保證。」

「好、好的喵。那、那麼，我就恭敬不如從命喵。」

「太好了。」覓娜露出微笑，接著說：「那我現在就來喚醒這個孩子的魔力。」

覓娜拿出一個很大的放大鏡，仔細觀察著小貓。她在觀察的同時，用柔美的聲音吟唱了起來：

目紋纖紋貓眼草，千眼萬眼來相聚。
尋尋覓覓找失物，黑夜深處見亮光，
絕路也將獲重生。目紋纖紋貓眼草，
緊閉雙眼快睜開。

隨著她的歌聲，魔法籠罩了整個空間。

即使肉眼無法看到，十年屋和客來喜卻都能感受到這股魔法。覓娜頭上的提燈帽子發出了耀眼的金色光芒，就像霧雨一般，灑在一動也不動的小貓身上。

當覓娜唱完歌，金色光芒消失片刻後，小貓猛然睜開了眼睛。

十年屋和客來喜再次倒吸了一口氣，因為小貓的眼睛是很美很美的蜂蜜色。

覓娜輕輕把小貓放在地上。

小貓像人類一樣用兩條後腿站立，滿臉納悶的看著周圍的人。

「你叫什麼名字？心裡的名字找到了嗎？」覓娜問小貓。

小貓用力點了點頭，用可愛的聲音回答：

「我叫……蜜蜜。我要……找人。」

「嗯，對呀，你要找主人，但是，在找到主人之前，你要先在這裡接受訓練。這兩位是魔法師十年屋和管家貓客來喜，客來喜是你的師父，所以你要先向他們打招呼。」

蜜蜜順從的轉身面對十年屋和客來喜，深深的一鞠躬。

「麻煩兩位了。」

「嗯，有小學徒上門，我們都很高興。對不對，客來喜？」

「是、是的！請多指教喵！」

十年屋從容不迫，客來喜則是有點緊張的向蜜蜜打招呼。

覓娜鬆了一口氣，臉上露出了笑容。

「我帶牠來這裡果然是正確的決定，那接下來就拜託兩位了。」

「咦？你這麼快就要走了嗎？要不要先喝杯茶？」

「雖然你的邀請很令人心動，但下次再說吧。剛才也說了，我要去探索魔法森林，我希望在太陽下山前能趕到森林裡的精靈之家，在那裡就可以安心過夜。蜜蜜，你要乖喔。十年屋和客來喜，請兩位多保重，我們下次見啦。」

覓娜開朗的說完後，便轉身離開了。

蜜蜜有點不安的抬頭看著客來喜問：

「師父，我該做什麼？」

「你要先去洗澡喵。」

客來喜的聲音很溫柔，但語氣很堅定。

「小幫手要隨時保持清潔，否則就會造成主人的困擾喵。你身上的毛都打結在一起，也要想辦法處理一下喵。老闆，我去幫蜜蜜洗澡，可以麻煩你準備午餐喵？我已經準備好午餐要吃的奶油燉菜了，麻煩你整鍋加熱一下喵。」

「沒問題，還需要我做其他的事嗎？」

「再麻煩你切麵包和起司喵。蜜蜜，你應該餓了吧？」

咕嚕咕嚕咕嚕。

蜜蜜還沒有回答，牠的肚子就發出了很大的聲音。十年屋笑著點了點頭。

「好、好，我會準備很多麵包和起司，也會開一瓶沙丁魚。啊，對了，還需要衣服。我記得店裡有人偶的衣服，尺寸也剛好可以給蜜蜜穿，我去找出來。」

「拜託了喵。」

十年屋和客來喜都忙了起來。

於是，魔法街上有了一個小學徒。

2 放棄的婚紗

席姿注視著巨大的衣盒，忍不住嘆口氣。

衣盒裡裝的是她結婚時穿的婚紗。她的祖母和母親當初花了超過一年的時間製作這件禮服，婚紗上繡了滿滿的精美圖案，縫上雪花圖案的亮片，是一件美得令人驚嘆的禮服。

三年前，席姿穿著這件婚紗結了婚，這件婚紗承載了母親和祖母的心意，以及她對婚禮的回憶，一直是她心中的寶物。

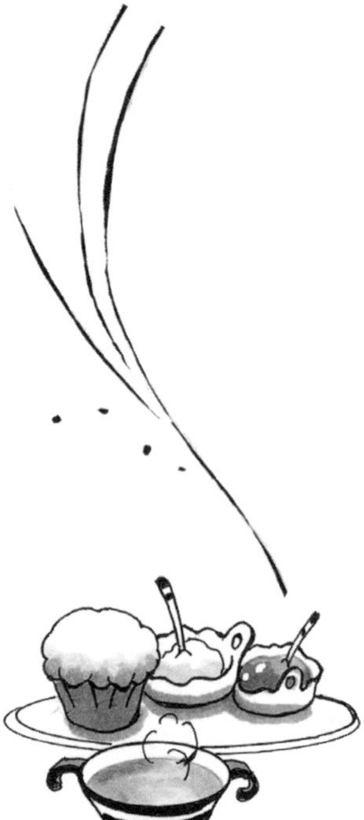

但是，她現在不知道該如何處理這件寶物。

「這件婚紗該怎麼辦呢？」

席姿因為丈夫工作的關係，即將一起搬到國外生活。夫妻兩人在充分溝通之後，決定只帶最低限度的必要物品去新家，其他家當都會處理掉。

桌子、椅子、書架和餐具幾乎都已經賣給了二手家具行，不穿的衣服、帽子、舊皮包也都丟掉了。但是，充滿回憶的相簿、唱片和真心喜愛的書與小物品，他們都決定要帶去新家。

在家裡即將整理完畢時，席姿看到了這件婚紗。

席姿煩惱不已。人生在世二十八年，她從來沒有像現在這樣煩惱過。

「雖然不可能丟掉……但也沒辦法帶去國外。」

這件婚紗真的很美，但是體積太大，即使帶去國外，也只會占空間。婚紗和普通的衣服不同，自己應該不會再有機會穿了。既然這樣，與其作為紀念品保留下來，還不如送給即將舉辦婚禮的人更理想。

但是，她還是捨不得放手。這是屬於自己的東西，她的內心無法消除這種想法。

「如果我以後生女兒，就可以把這件婚紗送給她，所以我想要留到那一天。如果可以請朋友幫我保管就好了，但是要求別人保管體積這麼大的東西，大家都會覺得很困擾。而且我也不希望看到因為朋友沒有好好保管，或放在潮溼的儲藏室，結果讓婚紗發霉的情況。我到底該怎麼辦呢？」

就在席姿用力抓頭時，一張卡片就像樹葉般飄落，掉在原本裝婚紗的衣盒上。

到底是從哪裡飄下來的？席姿眨著眼睛，感到很納悶。

席姿以前從來沒看過這張卡片。對折的深棕色卡片上畫著漂亮的綠色和金色蔓草圖案，用銀色墨水寫著「十年屋」幾個字。背面同樣用銀色的墨水寫了以下的內容：

有些心愛的物品，即使壞了也捨不得丟。

正因為是充滿回憶的物品，所以才希望把它們好好保管在某個地方。

無論是有意義的物品、想要保護的物品，或是有想要保持距離、不想見到的的物品……

如果您有這樣的物品，歡迎光臨「十年屋」。

本店將連同您的回憶，妥善保管您的重要物品。

這段文字深深打動了席姿。

無論這張卡片是從哪裡冒出來的，卡片上寫的「十年屋」，一定就是自己目前所需要的。

席姿想進一步了解「十年屋」是什麼，於是就打開了卡片。卡片頓時散發出金色光芒，包圍了席姿。

雖然嚇了一跳，但席姿並沒有感到害怕。因為金色光芒很溫暖，而且還帶著一股酸酸甜甜的杏桃果醬香氣。

加了杏桃果醬和鮮奶油的杯子蛋糕是祖母最拿手的點心。在席姿的婚禮上，祖母也做了很多杯子蛋糕招待客人。雖然祖母已經離開了人世，但席姿一輩子都不會忘記那個杯子蛋糕的味道。

席姿正在想這些事時，金色的光芒慢慢變淡了。她忍不住倒吸了一口氣，因為她發現自己在不知不覺中，來到一個陌生的地方。她以為自己在做夢，但立刻發現並不是。

整條街被白色的濃霧籠罩，一切看起來都帶著藍灰色，天空也有點灰暗，分不清楚是白天還是晚上，從霧中隱約看到的房子都很奇特。

魔法街。

席姿的腦海中浮現了這幾個字。

這個世界上的某個地方存在著一條魔法師居住的魔法街。她之前都不相信這種事，但現在她清楚知道，世界上真的有魔法師，也有魔法街，否則根本沒辦法說明她會突然出現在這裡的原因。最重要的是，整條街上靜靜的瀰漫著一股神祕的力量。

這一定是魔法。席姿這麼想著，向前邁了一步，因為她發現眼前有一棟房子，白色的大門上鑲嵌著勿忘草圖案的彩色玻璃，燈光從玻璃中透了出來。

「來呀，過來這裡呀。」

席姿覺得好像聽到了呼喚聲，於是推開了大門。

屋內堆滿了各式各樣的物品，簡直就像一間倉庫。從破損的物品、看起來像破銅爛鐵的東西，到價值不斐的古董家具，或是令人眼花撩亂的珠寶，應有盡有。

席姿沿著幾乎快被物品淹沒的狹窄通道走進去，看到一個年輕人滿面笑容的迎接她。

「歡迎光臨。」

這個年輕人有一頭柔軟的栗色頭髮，戴著銀框眼鏡，穿著深棕色背心和長褲，脖子上繫著一條銀灰色的絲巾，好像星星在閃爍。

席姿看到他那雙神祕的琥珀色眼睛，立刻知道眼前這個人就是

魔法師。

果然不出所料，那個年輕人對席姿說他叫十年屋。

「你是魔法師，對嗎？」

「對，我精通十年魔法，也就是時間的魔法。我們不要站著說話，裡面請。」十年屋邀請席姿去裡面坐。

那是一間漂亮的會客室，暖爐裡燒著火，溫暖的空間相當舒適。暖爐前放了兩張看起來很舒服的沙發，中間擺著一張圓形小茶几，一隻毛髮蓬鬆的橘色大貓正把茶具放在茶几上。

橘貓轉頭看著她，露出微笑說：

「啊，老闆，我剛準備好茶喵，我馬上把茶點也送上來喵。」

「客來喜，辛苦了。來，你請坐。像今天這種寒冷的天氣，坐在暖爐前喝杯熱茶最舒服了，也請你一定要嚐嚐我的管家貓客來喜準備的茶點。」

席姿很驚訝，也很興奮。自己在魔法師的店裡喝管家貓倒的茶，吃牠準備的點心。這種神奇的經驗，一輩子也不見得能夠遇到一次。

席姿在沙發上坐了下來，喝了一口茶，是香氣撲鼻的奶茶。

橘貓客來喜很快就送來了茶點。

那是烤成金黃色的蓬鬆杯子蛋糕，旁加了滿滿的鮮奶油和杏桃果醬。

席姿一臉驚訝的愣住，客來喜擔心的問：

「如果你不喜歡杯子蛋糕，我可以為你準備其他點心喵。」

「不，不是你想的那樣。只是這個杯子蛋糕和我奶奶以前經常做的一模一樣，所以我有點驚訝。對不起，我很喜歡吃杯子蛋糕。謝謝你，那我就不客氣了。」

席姿立刻吃了一口，發現味道也和祖母做的杯子蛋糕一模一樣。雖然是很簡單的杯子蛋糕，但帶有濃郁的奶油香氣，鮮奶油和杏桃果醬也充分襯托出蛋糕的美味。

席姿立刻陷入了懷念，好像回到了孩提時代。她的內心漸漸放鬆，前一刻的不安與警戒都消失了。

十年屋平靜的對席姿說，並不是他邀請席姿來到十年屋，而是她需要十年屋，所以才會來到魔法街。

「這家『十年屋』專門為客人保管重要的物品，最長的保管期限是十年。可以在十年時限到期後，把委託保管的物品取回，也可在十年內的任何時間就把物品取回。因為我會使用魔法，所以本店在為客人保管的期間，絕對不會損傷物品，但是……」

十年屋的聲音稍微嚴肅起來。

「使用魔法必須支付報酬，而時間魔法的報酬，就是你的時間，也就是你的壽命。」

「壽、壽命？」

「對，十年魔法的報酬，就是一年的壽命。這樣的報酬是高還是低，由你自己決定。你是否有即使支付一年壽命，也想要請本店代為保管的物品呢？」

席姿立刻想到了那件婚紗。那件心愛的婚紗無法帶去新家，但也無法狠心丟棄，無法出售，更無法送給別人。雖然自己再也不會穿了，卻依然愛不釋手。

她立刻下定了決心，認為那件婚紗有一年壽命的價值。而且，幾年之後，等丈夫的工作告一段落，他們就打算回國。她的丈夫說，回國之後，就要買一棟能讓兩個人安享晚年的房子，到時候就可以把這件婚紗帶回家了。

於是席姿對十年屋用力點了點頭說：「有，其實我有一件心愛的婚紗……」

席姿說到一半就停了下來，因為在下一秒，裝了那件婚紗的衣盒竟然就出現在她和十年屋的面前。

席姿大吃一驚，但還是打開盒蓋，確認了裡面的東西。果然是那件婚紗。

十年屋一看到那件婚紗，立刻發出了驚嘆聲。

「這件婚紗真是……美得令人嘆息！尤其上面的刺繡，真是讓人嘆為觀止，這是你以前穿的婚紗嗎？」

「對，這些刺繡都是我媽媽和奶奶親手繡的，她們花了很長時間，一針一線的縫製，希望我可以得到幸福。我媽媽目前還健在，不過奶奶已經去世了……雖然我沒有機會再穿這件婚紗了，但如果以後我生了女兒，希望能讓她穿上這件婚紗，所以，我想委託你為我保管。」

「你決定了嗎？」

「對，我願意支付一年的壽命。」

「好。」十年屋拿出了黑色皮革封面的記事本和鋼筆，翻開空白的一頁，遞到席姿面前。

「請你在這裡簽名。」

席姿按照十年屋的要求，拿起沉甸甸的鋼筆，在記事本上簽下了自己的名字。在簽名時，她感覺到有什麼東西似乎從自己的身體裡流走了。

自己的時間變成了鋼筆中的墨水，被吸入了記事本。這種感覺讓席姿有點害怕，但她並沒有半途而廢，堅持簽完了自己的名字。

十年屋接過記事本和鋼筆後，露出了溫和的微笑。

「這樣就完成簽約了，那麼就由本店為你保管這件婚紗。」

「真的不會有絲毫損傷，或是被蟲蛀掉的情況發生嗎？」

「當然，你可以觀賞我如何使用十年魔法，你看了之後，就會完全放心了。」

十年屋話一說完，就從背心口袋裡拿出一根吸管，吹了一口氣，吸管前端立刻出現了一個閃著彩虹光芒的大泡泡。

那個泡泡沒有破，輕輕的飄在空中，十年屋對著泡泡唱了起來。

勿忘草呀時鐘草，阻擋時間的流逝，
木香花呀長春花，編織一個十年籠，
收藏人們的回憶，穿梭過去和未來，
淚滴轉變成微笑，懊惱痛苦變溫和，
收束來保管，好好來守護。

柔和卻有力的歌聲響徹整個會客室。同時，席姿感受到肉眼無法看到的力量越來越強。她知道那就是魔法。

當她猛然回過神時，發現婚紗已經進入泡泡中，變得像人偶的衣服一樣小。

她目不轉睛的看著泡泡中的婚紗。

「這就是十年魔法……」

「對，只要保存在這個泡泡中，婚紗就絕對不會受到損傷。你現在放心了嗎？」

「放、放心了。」

「那你差不多該回家了，我送你到門口。」

席姿在十年屋的陪同下，走過雜亂的店內，來到了白色大門前。

十年屋告訴她，只要一打開門，就可以回到原來的地方。然後又露出意味深長的眼神看著她。

「怎、怎麼了嗎？」

「沒事，只是……十年的時間說長不長，說短也並不短。在這十年期間，你會經歷很多事，也會發生變化，你的想法也會改變。也許十年後，你可以做到目前無法做到的事。」

「什麼意思？」

「沒什麼，你就當作是魔法師的自言自語吧。啊，另外，如果你忘記這份契約也不用擔心，十年後，我一定會寄信通知你。那就請多保重。」

席姿雖然有些在意十年屋的這番話，但是她並沒有追問，默默的打開白色大門走了出去。

十年屋說得沒錯，她一走出門外，就回到了自己的房間。她慌忙轉頭一看，魔法街已經消失無蹤了。

「……感覺好像在做夢。」

但是，有證據證明，她剛才並不是在做夢。因為裝婚紗的大衣盒已經不見了。那件婚紗目前在魔法商店「十年屋」內，被封在泡泡中陷入沉睡。

想到這裡，席姿終於鬆了一口氣。

「等我，等我們回國，買了房子之後，就馬上去取回來，絕對不需要等十年。」

席姿在心裡對那件婚紗說，然後繼續整理房間。

❋

席姿在接下來的日子裡發生了很多事。

她搬到國外後，在忙亂的新生活中認識了很多新朋友，並且生了孩子。每天都忙得不可開交，生活充滿刺激，讓她根本沒時間仔細回想以前的事。

沒錯，席姿在忙碌中，漸漸忘記了那件婚紗。如果沒有收到十年屋寄來的卡片，她可能永遠都不會想起來。

某天傍晚，她收到了那張卡片。

當時，席姿正在一邊哄最小的兒子，一邊阻止老大和老二打架，又要同時準備晚餐，正忙得焦頭爛額。

「真希望我有三頭六臂！你們不要再打架了！什麼？想吃點心？剛才不是說了，馬上就要吃晚餐了嗎？哎呀，不要哭、不要哭，我不是在罵你。」

席姿正要拿出大鍋子準備煮義大利麵時，在鍋子下方看到一張深棕色的卡片。

她一看到那張畫了漂亮蔓草圖案的卡片，就像靜止的河流又開始流動般，猛然想起了十年屋，也想起了自己曾經委託十年屋保管的物品。

「我真是的，怎麼會完全忘記了呢？」

她用顫抖的手打開卡片，上面寫了這樣的內容——

席姿・邁南女士：

十年不見了，謹以此信再次向你致意。不知別來是否無恙？本店為你

保管的物品期限即將屆滿，如果你想取回物品，請打開這張卡片。如果你無意取回，請在這張卡片上畫一個X，代表合約結束，你寄放的物品將正式歸本店所有。請多指教。

十年屋敬上

席姿腦海中頓時浮現了那件婚紗。

光滑的純白蠶絲面料上，精心繡上花卉圖案，還縫了很多亮片，只要稍微動一下，整件婚紗就會發出閃閃亮光。她回想起當年穿著那件婚紗走向丈夫時的驕傲與喜悅，以及丈夫說「你好美」時的表情。

她清楚回憶起當時的一切。

美麗的婚紗，充滿回憶的婚紗。但是……

「媽媽！媽媽！」

兒子用力拉著席姿的裙子，她猛然回到了現實。低頭一看，三個孩子都聚集在她的腳邊。

「我肚子餓了！晚餐還沒煮好嗎？」

「媽媽，你看、你看！是不是很厲害？」

「嗚嗚嗚嗚！媽媽！」

席姿注視著三個叫著自己的孩子。

她的三個孩子都是兒子，目前也並不打算生第四胎，即使真的會生，搞不好又是兒子。最重要的是，無論是儲藏室還是衣櫃，都塞滿了小孩子的東西。兒子剛出生時穿的新生兒衣服、第一次畫的畫……充滿回憶的東西越囤越多，根本沒地方放那件婚紗。

席姿深刻體會到，自己是一個母親。因為現在的她，總是把孩子的事放在首位，除此之外的事，都覺得無所謂了。

於是，她在卡片上畫了一個X。

卡片立刻像燃燒般縮了起來，然後消失了。

和魔法師之間的契約結束了，自己真的失去那件婚紗了。

雖然席姿感到一陣心痛，但立刻甩開了這種想法，面帶微笑的看著三個兒子。

「好、好，對不起，因為媽媽剛才在處理一件事。我馬上來煮飯，再等我一下下。」

席姿說完，急忙回去繼續做晚餐。

終於下定了決心，即使今後會懷念那件婚紗，應該也不會為放棄它而感到後悔。她原本是這麼以為的……

然而，十幾年後，席姿感到極度後悔。因為她的大兒子結婚後，跟太太生了一個女兒。

席姿的孫女名叫妮妮，席姿非常寵愛她，每當她看到妮妮一天比一天大，就後悔當初為什麼要放棄那件婚紗。

「唉，真希望可以把那件婚紗送給妮妮，早知道當時應該從十年屋那裡把婚紗拿回來。不知道那件婚紗去了哪裡？如果知道下落，我會馬上去買回來。」

她知道這是異想天開，那件婚紗不是已經換了主人，就是被丟棄，甚至已經從這個世界上消失了。

正因為這樣，她的後悔和悲傷與日俱增。

日子一天一天過去，妮妮四歲生日快到了。

妮妮最近很愛閃亮的東西和可愛的東西，席姿打算送她一個超級漂亮的娃娃。

這一天，席姿準備去百貨公司的玩具賣場買禮物。她走在路上時，不經意的看向旁邊的一條小路深處，忍不住輕聲叫了起來。

「啊……」

因為她看到小路深處有兩隻貓。

其中一隻是小貓，身上的毛很短，柔和的顏色很像奶茶，穿著黑色洋裝，繫著白色圍裙，好像女僕的打扮。最令人驚訝的是，牠竟然用兩條後腿走路。

另一隻貓比較大，一身蓬鬆的橘毛，穿著銀線刺繡的黑色背心，也用兩條後腿走路。

兩隻貓有說有笑的走在路上，正準備轉過小路深處的街角。

席姿回過神，急急忙忙衝進小路。

「等、等一下！你是不是客來喜？是不是？」

當她大聲追問時，兩隻貓已經轉過了街角。等她趕到那裡，兩隻貓早已不見蹤影。

席姿感到渾身無力，靠在小路的牆上。

她看到橘貓的瞬間，就覺得那是之前在十年屋遇見的管家貓客來喜，所以她想向客來喜打聽那件婚紗的下落……

不，仔細想一想，就會知道那不可能是客來喜。即使是魔法師的貓，也不可能這麼長壽吧。

「……我也該忘了那件婚紗了。」

她這麼告訴自己，轉身準備走回大馬路。這時，她驚訝的發現小路漸漸被白色濃霧籠罩，甚至看不清兩公尺外的景象。

席姿心跳加速，突然的濃霧和靜悄悄的奇妙感覺太熟悉了，和之前去十年屋時完全一樣。

自己該不會回到了魔法街？果真如此的話，或許可以再次踏進十年屋。

席姿帶著希望，在霧中往前走。然後……

席姿的確來到了魔法師的店，但並不是十年屋，而是一家從來沒聽過，也沒有看過的神奇店面。

店門是巨大的粉紅色圓鈕扣形狀，外牆上有各式各樣的鈕扣，像魚鱗般排得密密實實。屋頂是一個大毛線球，整棟房子簡直就像是一個針線盒，完全可以用「稀奇古怪」這四個字來形容。

席姿嚇了一跳，沒有勇氣走進店裡。她決定先從窗戶向內張望。

她躡手躡腳的走到窗前一看，忍不住倒吸了一口氣。因為窗邊有一個很大的娃娃。

那個娃娃是一個漂亮的女生，有一頭紅色頭髮和綠色的眼睛，臉上帶著笑容。娃娃的頭髮、眸色和妮妮完全一樣。

但是，這並不是席姿感到驚訝的原因，而是因為那個娃娃穿了一件漂亮的禮服。

純白的禮服上有精美的刺繡和亮片，整件衣服閃閃發亮，和席姿的那件婚紗一模一樣。

席姿的心跳瞬間加速。

啊，怎麼可能？怎麼可能會有這麼不可思議的事？她覺得腦袋一片混亂。

但是有一件事很確定，那就是這個娃娃正在等她。

所以，席姿決定要買下這個娃娃，無論這家店屬於什麼樣的魔法師，無論這個娃娃的價格再昂貴都沒關係，她一定要買下這個娃娃送給妮妮。

席姿急忙推開鈕扣形狀的門，衝進店內。

3 闖大禍

闖禍了！

琳恩愣在原地，渾身發抖。

在她面前的是姊姊的娃娃。那是姊姊生日時，姨婆送她的禮物。這個公主娃娃名叫艾美麗，有一頭黑色鬈髮，還有一雙紫色的眼睛。

琳恩第一眼看到艾美麗，就喜愛得不得了。

為什麼是姊姊得到艾美麗？為什麼姨婆不送給自己？比起十歲的姊姊，六歲的自己更適合當艾美麗的朋友。

琳恩希望姊姊很快就玩膩，然後把艾美麗送給自己。

但是，她遲遲都沒有等到姊姊對她說這句話，姊姊也很喜歡艾美麗，而且完全不讓琳恩碰它。

「如果借給你玩，你馬上就會弄髒或是弄壞，絕對不行！」

「我才不會呢！」

「你每次都這麼說，最後還不是把我的小熊和小兔都弄髒了？還把我的茶杯也打破了，心形的項鍊也被你弄壞了！反正我絕對不會讓艾美麗也慘遭你的毒手，所以如果你碰了，我絕對不會原諒你。只要你敢碰它一根手指，我就把你所有的玩具都弄壞！」

但是，姊姊越不准她碰，琳恩就越被艾美麗吸引。

無論如何都好想摸摸看。只要碰一下就好，只要摸一摸公主娃娃那頭漂亮的鬈髮就好。

琳恩終於真的這麼做了。

她趁姊姊去同學家玩的時候，溜進了姊姊房間，目不轉睛的看著放在桌上的艾美麗。

艾美麗真是漂亮又可愛，而且姨婆說，這是她出國時買回來的。艾美麗是外國娃娃，所以穿著有點奇特的漂亮衣服，渾身散發出神祕感。

艾美麗不僅漂亮，而且也很稀有。

所以琳恩越想越嫉妒姊姊。

「姊姊太可惡了，竟然可以收到這種娃娃當禮物，而且還不肯借我玩，太惡劣了！」

琳恩個性的確冒冒失失，經常把東西弄壞，但是她覺得自己絕對不可能傷害這麼漂亮的艾美麗，所以不必擔心。

琳恩想，趁姊姊不在家的時候稍微摸一下就好。只要姊姊不知道，就不會罵自己。

琳恩這麼告訴自己後，就伸手摸了摸她一直很嚮往的艾美麗。摸了之後，她就想多玩一會兒。

不用擔心，不用擔心，只要在姊姊回來之前放回桌上就好。

琳恩盡情的抱著艾美麗，撫摸著艾美麗的頭髮。

過了一會兒，她想為艾美麗化妝。

「如果看到艾美麗變得更可愛了，姊姊可能會覺得我很厲害，到時候可能就會對我說，我也可以玩艾美麗。」琳恩又一廂情願的這麼想，接著急忙拿出了畫畫的顏料，在艾美麗的嘴巴上塗了一點紅色顏料。

然後，琳恩就知道自己闖禍了。

顏料慢慢暈開，使得艾美麗的嘴巴變得像小丑一樣。

她慌忙想擦掉，沒想到反而導致艾美麗的整張臉上都是顏料，情況變得更加糟糕了。

「討厭啦！怎、怎麼辦？」

琳恩終於回過神，嚇得臉色發白。

這次闖的禍瞞不了人，根本遮掩不過去。

姊姊看到艾美麗變成這樣，一定會氣得火冒三丈，搞不好會大聲叫著要報仇，把琳恩的玩具和繪本都撕爛。

啊啊，這次就連媽媽也沒辦法幫琳恩說話了，搞不好還會說：

「你下個月的慶生會取消了，不聽話的孩子沒資格慶生！」

「不要！我不要……」

琳恩緊緊抱著變成大花臉的艾美麗，心神不寧的在姊姊房間裡走來走去。她不知道該怎麼辦，但仍然一心想解決眼前的問題。

正當她想到可以把艾美麗藏起來時，就發現地上有一張對折的卡片。

琳恩緊盯著那張漂亮的卡片，她覺得卡片有一種和艾美麗一樣的強大吸引力。於是，她把卡片撿了起來，就像看繪本一樣，打開了卡片。

當她回過神時，發現自己站在一個陌生的地方。周圍飄著灰藍色的濃霧，整條街道都靜悄悄的。

琳恩突然感到驚慌失措，但是，她轉念一想，又覺得至少比留在家裡好。

「那我乾脆離家出走。對呀，如果我離家出走，大家就會擔心。等我回家之後，他們就不會再計較艾美麗的事了。」

琳恩覺得這真是一個妙主意，得意的笑了起來。

計畫決定了，接下來只要找一個地方躲起來，直到家人找不到自己，開始擔心自己為止。

先推開眼前這道白色的大門去看看吧，因為那道門上的玻璃窗戶內有燈光，而且好像在邀請人進去的樣子。

琳恩情不自禁的走到門前。握住門把時，她聽到一陣悲傷的啜泣聲，琳恩忍不住豎起了耳朵。

那個哭聲聽起來像是小孩子，而且哭得很傷心。

好想安慰那個小孩子，琳恩想著。接著她鬆開門把，循著哭聲繞到了房子後方。

那裡是一條小路，在看起來像是後門的藍色門旁，堆了好幾個大木箱。那裡有一隻小貓，牠穿著可愛的黑色洋裝，繫著白色圍裙，好像人一樣坐在木箱子上。牠把臉埋在圍裙裡，抽抽噎噎的哭個不停。牠哭泣的樣子也可愛得讓人心動。

琳恩最喜歡可愛的東西了，她立刻愛上了那隻小貓。

我想把牠帶回家！如果牠遇到了什麼難過的事，我可以當牠的朋友，好好安慰牠！

琳恩正打算走上前和小貓說話時，藍色的門發出「嘰嘰嘰」的聲音打開了。

有人從門內走了出來！

琳恩突然感到害怕，急忙後退，躲到小路的轉角處觀察。

一個瀟灑的男子走了出來。他穿著很有型的棕色背心，戴著眼鏡，脖子上繫了一條讓人聯想到眼淚的淡藍色絲巾。

那個人沒有發現琳恩，他直直走向小貓，然後蹲了下來。

「蜜蜜，你怎麼了？你為什麼在哭？」

「因為……因為，我、我闖禍了……」

那隻叫蜜蜜的小貓用小到幾乎聽不見的聲音回答。

「闖禍？你闖了什麼禍？」

「那個、那個……我闖了很、很多禍。」

蜜蜜的眼眶中滿是淚水，牠對那個男人說：

「師、師父叫我看著烤箱，說等到餅乾、餅乾烤成金黃色，就去叫牠，所以，我一直、看著烤箱。但是，因為有點、無聊，我有點想睡覺……」

「嗯，我知道，烤箱前很溫暖，會忍不住想打瞌睡。」

「但、但是，我覺得不能睡覺，所以，就想擦一擦、廚房的窗戶玻璃。雖然、之前沒有擦過，但是我看到、師父以前曾經擦過，我覺得、我也可以……」

「嗯嗯，我大致能夠猜到之後發生了什麼事，你是不是把窗戶打開了？」

「對，結果有一隻大蝴蝶飛、飛了進來。」

蜜蜜垂頭喪氣的說，牠看到蝴蝶在廚房的天花板附近飛來飛去，就再也無法克制了。

「我覺得、要抓住蝴蝶……所以就追著牠……結果廚房被我弄、弄得一團糟。麵粉、麵包粉、香料的瓶子都掉在地上打破了……而、而且，烤箱冒著煙。」

「原來是這樣，餅乾烤焦了。」

「不是，餅乾沒有烤焦。」

「咦？沒有嗎？」

「……是變成了漆黑的黑炭。」

琳恩聽了蜜蜜的話，忍不住縮起了脖子。

即使蜜蜜不是故意的，但牠還是闖了幾個大禍。牠自作主張的想要擦窗戶，結果因為追蝴蝶，把廚房弄得一團亂，最後連師父要求牠看著的餅乾也全都烤成黑炭了。

難怪蜜蜜會心情沮喪。男人似乎也說不出話。

「哎呀哎呀，這下子真的闖禍了。客來喜罵你了嗎？」

「師父還沒有罵我，因為師父還不知道，但是如果知道了，一定會很生氣。老闆！我不配當小學徒！師父一定會說，以後不想再指導我了。」

蜜蜜似乎情緒崩潰，又傷心的哭了起來。

琳恩完全能了解蜜蜜的心情，因為蜜蜜現在的狀況，和平時的琳恩一模一樣。

蜜蜜知道自己闖了禍，牠比任何人更難過，所以才會這麼自責。琳恩覺得自己也經常這樣，但是只要知錯了，也許就不會再挨罵了。

自己闖了禍，並且知道錯了。正因為知道，所以不想再受到傷害，很希望聽到別人溫柔的安慰她：「別擔心，沒事。」

蜜蜜一定也希望聽到別人這麼告訴牠。

琳恩覺得自己可以對牠說這句話，於是決定走去蜜蜜面前。

我要安慰牠、鼓勵牠，然後帶牠回家。只要我開口，蜜蜜一定會跟我回家。因為蜜蜜現在一定很想逃離這裡。

但是，琳恩還來不及走出去，男人就笑著把蜜蜜抱了起來。

「哎呀，你真是太小看客來喜了。客來喜怎麼可能因為你闖了禍就放棄你呢？好了好了，別哭了，沒事了，你先平復一下心情。」

「但、但是，我……」

「既然已經闖了禍，那也沒辦法，但是下次必須小心，避免再犯相同的錯……你知道為什麼會變成現在這樣的原因吧？」

蜜蜜輕輕點頭說：

「師父之前告訴過我，不要一次、做好幾件事，先從認真、做好每一件事開始……但是，我還是想、想做很多事，因為我覺得、自己沒問題，什麼都會做……」

「你說得沒錯，這就是失敗的原因。既然你已經知道了，那就沒問題了。」

「但是，師父可能、不願意、再相信我了。」

蜜蜜沮喪的低下頭。

「我真是一個不成材的徒弟。做事很慢，又沒有做好師父交代的事，說話的時候，最後也不會說『喵』。」

「不，你不必在意這些事，因為你不需要和客來喜一模一樣，而且你的說話方式很不錯呀，很可愛，很有你自己的風格。」

蜜蜜依然低著頭不說話。

「好了好了，你不要露出這種表情……我告訴你一件事，但是你千萬不要說是我告訴你的。其實客來喜一開始也經常犯錯，牠曾經在做布丁時，不小心把鹽當成砂糖；也曾經在洗衣服時，不小心把我的絲巾弄壞；出門去買東西，還不小心迷了路。」

「師父嗎？師父也犯過這種錯？」

蜜蜜驚訝得瞪大了眼睛，男人笑著說：

「對呀，牠還曾經烤了一整隻老鼠給我加菜。總之，牠也犯過很多錯，每次都很沮喪，但是牠在沮喪之後，都會重新站起來，然後努力在下一次做得更好。客來喜最了不起的地方，就是牠從來不會氣餒，而且會隨時提醒自己不要犯相同的錯。蜜蜜，你聽得懂我說的意思嗎？」

「是、是。」

「很好、很好，那我們進去吧。溫度又降低了，越來越冷了，我幫你一起整理廚房。」

「不，我自己……」

「好了好了，你就是因為太逞強，所以才會闖禍。」

「沒錯喵。」

這時，出現了第三個聲音。

琳恩探頭一看，發現藍色的門前站著一隻大橘貓。大橘貓穿著銀線刺繡的黑色背心，繫著黑色領結，手上拿著掃帚和畚箕，也可愛得讓人想要撲上去抱牠。

「師、師父！」蜜蜜慌忙的驚叫起來。

橘貓語帶責備的說：

「你不可以不說一聲，就不見貓影喵，我會擔心喵。」

「對、對不起……因為我把廚房弄得一塌糊塗……餅乾也毀了。」

「嗯，我已經看到了喵。」

「啊！」

嬌小的蜜蜜尖叫一聲，愣在原地，橘貓則溫柔的瞇起眼睛。

「我看見到處都是碎片，還很擔心你喵，你沒有受傷吧？」

「啊？我、我沒事。」

「那就好喵，那要趕快來整理一下喵。大家一起整理，很快就可以搞定喵，等整理完之後，我們一起來做蛋糕喵。」

「真是個好主意。」男人笑著點點頭說：「那我也加入你們。對了，蜜蜜，我可以教你怎麼做乳酪蛋糕。雖然我自己說有點害羞，但是我做的乳酪蛋糕可是天下第一美味。」

「好、好的！我要學！」

「那就進去吧，客來喜？」

「好的喵。」

於是，一人兩貓開開心心的走進藍色的門內。

隨著關門聲，周圍陷入一片寂靜。

琳恩獨自站在小路上，感到極度悲傷，忍不住看著一直緊緊抱在自己懷裡的艾美麗。顏料暈開後，艾美麗的臉變得像小丑一樣。

那是姊姊心愛的娃娃。

琳恩突然很想哭，因為她發現自己一直都在犯相同的錯誤。

每次闖了禍，做了不該做的事，她都極力想要隱瞞。一旦被人發現，就急著道歉：「對不起，我以後不會再犯了。」試圖獲得原諒。但是，她並不是真心認為自己犯了錯而道歉，只是因為不想挨罵而已。所以，如果別人不原諒她，她就會惱羞成怒的想：「我都已經道歉了！好過分喔！」

無論是隱瞞，還是道歉，或是為自己找各種理由辯解，全都是為了自己。難怪姊姊不再相信琳恩。

原本以為蜜蜜和自己一樣。但是自己想錯了，和蜜蜜相比，自己太不坦誠，太卑鄙了。

琳恩發自內心反省了自己所做的事，她覺得很對不起姊姊，也感到很難過。

「我要向姊姊道歉，雖然姊姊可能不會原諒我，但我要好好向她說對不起。」她想回家，她想回家向姊姊道歉。

琳恩的願望馬上就實現了。在她腦海中閃過這個念頭的瞬間，就回到了姊姊的房間。

「我回來了！」就在同時，她聽到姊姊回家的聲音。

琳恩下定了決心，她拿著被她弄髒的娃娃，走向姊姊。

4 魔法街的小幫手

蜜蜜一動也不動，緊張的注視著前方。魔法師十年屋坐在牠前面，正在吃三明治。

十年屋細細品嚐三明治後，對蜜蜜露出了笑容。

「很好吃，麵包烤得恰到好處，裡面的洋芋沙拉也很完美。蜜蜜，沒想到你在短時間內進步得這麼神速。」

「謝、謝謝。」

蜜蜜高興不已，但是語氣帶了點忸怩。

「那個……因、因為師父很會教，所以我也學得很快。」

這句話千真萬確。

今天是蜜蜜來十年屋滿兩個月的日子，在客來喜的悉心指導下，牠學會的事也越來越多。

包括整理房間的方法、打掃的方法、俐落的洗碗盤、清除衣服上的汙漬，還有做料理和點心的方法。

蜜蜜很想趕快學會一切事情，所以起初太急躁，反而闖了大禍。客來喜告訴牠，欲速則不達，於是牠學會發揮毅力，專心做好每一件事。

所以現在牠每天都只會學一件事，也充分學好這件事。蜜蜜自己也為此非常開心。

但是……總感覺缺少了什麼。

照理說，蜜蜜現在應該無比幸福。牠住在舒服的小房間裡，每天都有美食吃，善良體貼的十年屋和客來喜都很照顧牠。

蜜蜜很喜歡十年屋送牠的可愛洋裝，也喜歡客來喜為牠做的白色圍裙。如今的平靜生活和當初不小心走失，又冷又餓又孤獨痛苦的時候簡直無法相提並論。

但是，隨著時間一天一天過去，蜜蜜越來越心神不寧。自己想要去找重要的人，必須去找一個要追隨的人。這種想法越來越強烈。

牠明明很喜歡十年屋和客來喜，為什麼還會有這種想法呢？蜜蜜覺得自己太忘恩負義，於是整天苦惱不已。

當牠終於忍不住把心裡的話告訴十年屋後，沒想到十年屋告訴牠：「這是很正常的事。」

蜜蜜眨著眼睛，十年屋露出微笑對牠說：

「你雖然還在實習受訓，但你是被魔法師收服，要為魔法師服務的小幫手。小幫手會發自內心的渴望追隨在主人身邊，所以你完全不必煩惱。小幫手的本能，就是希望能把靈魂交付給重要的主人，陪伴在主人身邊。」

「本能……」

「對呀，既然你的這種想法越來越強烈，就代表必須開始為你找主人了。你的實習已經大有進展，時間也差不多了。照理說，這件事拜託尋覓魔法師覓娜最理想……問題是我們完全不知道她目前人在哪裡，也不知道她什麼時候才會回來這裡。」

「那我該怎麼辦呢？」

「我想一想。」

十年屋思考了一會兒後，拍了拍手說：「今天我要請客來喜出門幫我處理很多事，你也跟著牠一起出門，去街上看看。這條魔法街上還有很多沒有小幫手的魔法師，也許其中就有適合你的主人。」

「怎樣的人是適合我的主人？」

「你遇見了就會知道了，你的靈魂會告訴你。」

「靈魂？」

蜜蜜一臉納悶，十年屋溫柔的為牠繫上乳白色的圍巾。

「今天外面很冷，你要注意保暖。你和客來喜不一樣，身上的毛還很短。客來喜，客來喜，你在嗎？」

「老闆，我在喵。」

客來喜立刻跑了過來。

「請問有什麼事喵？」

「今天我不是請你出門辦事嗎？你帶蜜蜜一起出門，然後把蜜蜜介紹給魔法街上的人。除此之外，也順便去找一下托托。」

「是信使魔法師托托喵？」

「對，因為我希望托托可以把蜜蜜的事也告訴目前不在魔法街的人。啊，你等一下，我把口信寫下來。」

十年屋說完，迅速的在便條紙上寫了什麼，交給了客來喜。

客來喜接過便條紙後，點了點頭。

「知道了喵。蜜蜜，那我們出發喵。」

「好，好的。」

「你穿這樣出門會冷喵，要穿一件斗篷喵。」

客來喜和蜜蜜一起出門了。雖然外面吹著寒風，但蜜蜜一點都不冷。因為十年屋為牠繫了圍巾，客來喜為牠穿上一件蓬鬆的斗篷，牠的身心都很溫暖。

蜜蜜抬頭看著拎了一個大籃子的客來喜問：

「師父，我們要先去哪裡辦事？」

「先去變色屋喵。」

「變色屋有可怕的魔法師嗎？」

「變色魔法師是一個很安靜的可愛男孩喵，但是他的小幫手帕雷特是一隻很聒噪的變色龍喵。他們一起住在彩虹色酒桶形狀的房子裡，你看到就知道了喵。」

客來喜的話完全正確。即使在遠處，也可以一眼看到變色魔法師的家漆成了美麗的彩虹色。

那棟房子的主人，變色魔法師譚恩是位很安靜的少年。他身穿水藍色的雨衣和長雨靴，還戴著雨衣的連身帽。

譚恩很少開口說話，但他身旁的小變色龍帕雷特，嘴巴整天都停不下來。帕雷特原本祖母綠的身體現在變成了鮮豔的橘色，滔滔不絕的說了起來。

「喔，新來的小幫手？不錯呀！名字叫蜜蜜嗎？嗯，這個名字和你蜂蜜色的眼睛很配。總之，歡迎你，有越來越多夥伴，是一件高興的事。對了，等蜜蜜找到主人，一切安頓好之後，我們這些小幫手來辦一場小型茶會吧。」

「真是個好主意喵。」

這時，譚恩才終於開了口。

「帕雷特，要先問客來喜有什麼事……」

「喔，沒錯，既然你會來這裡，一定是十年屋的老闆有什麼事。是不是需要什麼顏色？」

「沒錯喵，老闆說，希望譚恩把這個變成顏色喵。」

客來喜說完，從籃子裡拿出一個大瓶子。

瓶子裡裝了一個鐵鏽色的毛栗狀東西，尖刺的前端發出亮光，而且時大時小，就像是在呼吸。

「這是什麼？」

「聽說這是一位客人的頭痛喵。」

「頭痛？原來如此，難怪會有這麼多刺。如果被這種東西纏上，即使要花費壽命支付，當然也會選擇委託給十年屋的老闆保管。譚恩，你認為呢？」

「沒問題。這可以變成漂亮的顏色……」

譚恩語氣肯定的說，和剛才的態度完全不一樣。接著，他脫下了雨衣的帽子。

蜜蜜忍不住倒吸了一口氣，因為譚恩的頭髮竟然是彩虹色的。金色、橘色、紅色、綠色、水藍色、淡紫色，以及銀白色，分成七縷的頭髮分別散發出美麗的光芒，閃亮的晃動著。

帶著彩虹髮色的魔法師從客來喜手上接過裝著「頭痛」的瓶子後，用清澈的歌聲唱了起來。

春天原野花滿開，歡天喜地隨手摘，
黃色油菜花，紫色紫羅蘭。
夏天樹林開滿花，歡天喜地去尋找，
藍色鳶尾花，深紅色草莓。
秋天山林果實多，歡天喜地來撿拾，

紅色的落葉，金色的橡實。
冬天森林樹木多，歡天喜地去尋寶，
銀色槲寄生，綠色的木樨。
蒐集滿滿的寶物，一起拿來送給你，
滿懷鮮豔的色彩，讓你心滿又意足。

充滿魔力的歌聲，注入了瓶子中的「頭痛」。

「頭痛」在譚恩的手中變成了深紅銅色的墨水，色調非常濃烈，就像是紅棕色中混入了閃亮的金粉。

譚恩滿臉喜悅的注視著墨水。

「讓頭痛得快裂開的疼痛顏色……怎麼樣？是不是變成了漂亮的顏色？」

「謝謝喵。老闆一定很高興喵。」

客來喜接過墨水瓶子，放回了籃子。

「今天的報酬，請你有空來十年屋領取喵。老闆說，你可以在店內隨意挑選一件商品喵。」

帕雷特欣喜的說：

「那真是太好了，希望能找到可以用來當我浴桶的東西。我現在用的湯碗太小了，每次都覺得自己好像被煮成了湯，感覺有點不舒服。對了……你們等一下要去見其他魔法師嗎？」

「是的喵，我們還要去找茨露婆婆和比比喵。」

「哇，那可是一場考驗。」

帕雷特嘆息的說完，一臉擔心的轉頭看著蜜蜜：

「蜜蜜，你要小心，她們兩個人如果知道像你這麼可愛的小貓在找主人，一定會拚命爭取你。」

「是、是嗎？」

「嗯，絕對不會錯。因為她們兩個人都非常喜歡可愛的東西，而且都是沒有小幫手的魔法師。」

這時，譚恩小聲的插嘴說：

「但是，帕雷特……茨露婆婆已經有哈琪了……」

「喔，你是說那隻可怕的熊，但那不是小幫手，而是茨露婆婆用心製作的保鑣。總之，客來喜，你最好不要讓她們兩個人知道蜜蜜在找主人。至少今天別提這件事。」

「我知道了喵。」

客來喜一臉認真的點了點頭，蜜蜜看到後有點害怕，不知道那兩個魔法師到底是怎樣的魔法師。

但是，在實際見面後，蜜蜜發現改造魔法師茨露婆婆和天氣魔法師比比都不是可怕的魔法師，只是她們兩個人的個性都很強勢。

茨露婆婆住在一棟看起來像針線盒的房子裡，穿了一件縫滿鈕扣的洋裝，戴著插了剪刀和待針的大帽子，臉上掛著一副厚鏡片的眼鏡，一頭染成粉紅色的頭髮剪成齊肩長度，腳上踏著溜冰鞋。蜜蜜看到她的打扮，忍不住大吃一驚。

茨露婆婆背了一個身上有很多補丁的熊背包。蜜蜜猜想，帕雷特說的「可怕的熊」，可能就是指這個熊背包。

茨露婆婆對蜜蜜露出親切的笑容說：

「哎喲，怎麼有這麼可愛的小貓？該不會是誰的小幫手？這條街上又來了新的魔法師嗎？」

「蜜蜜目前暫時由我照顧喵。」客來喜急忙搶先回答，不讓蜜蜜開口，「因為牠要在我那裡實習如何當小幫手喵。」

「喔，那很好，客來喜，你可以成為出色的榜樣。你今天來這裡，有什麼事嗎？」

「老闆要我帶東西給你喵。老闆說，終於拿到了茨露婆婆之前就一直想要的東西，所以要我送過來喵。」客來喜說完，再次把手伸進籃子，拿出一顆小球。

那顆用布縫製的小球，縫線幾乎都綻開了，也褪了色，看起來已經很舊了，無論怎麼看，都會覺得只是個破爛。

沒想到茨露婆婆就像是收到了巧克力般雙眼發亮。

「哎呀，太棒了，太棒了！沒想到十年屋竟然為我找到了這麼棒的東西！這就是我想要的！那我就不客氣了。酬勞呢？要怎麼支付酬勞？」

「老闆說，目前暫時沒有想要的東西，希望你可以讓他暫時先記在帳上喵。」

「沒問題。呵呵呵，有這顆球，就可以做出絕佳的那個了，呵呵呵。」茨露婆婆笑得合不攏嘴。

客來喜和蜜蜜向她道別後，繼續走在魔法街上。蜜蜜抬頭看著客來喜問：

「為什麼茨露婆婆拿到那顆破球會這麼高興？」

「因為茨露婆婆的工作，就是把別人不要的東西和破爛的物品，改造成很出色的東西喵。」

「喔，難怪她叫改造魔法師……」

「你說對了喵。茨露婆婆店裡不是有很多閃亮的東西嗎？那些全都是茨露婆婆親手改造的，所以那顆球也一定可以改造成意想不到的好東西喵。」

蜜蜜忍不住感到佩服，魔法師真是太厲害了。如果茨露婆婆是自己的主人，牠一定時時刻刻都能感受到滿滿的活力和開朗。

茨露婆婆會是自己命中注定的主人嗎？蜜蜜陷入了沉思。不一會兒，牠們就來到了天氣魔法師的家。

天氣魔法師住在令人聯想到馬戲團的紅黃條紋帳篷內，帳篷的主人比比也是一身花俏的打扮。

比比是一個很瘦的少女。一雙眼睛炯炯有神，臉頰上有調皮的雀斑，一頭齊肩的筆直黑髮，戴著狐狸耳朵的髮箍。她身穿有紅色和紫色圓點圖案的內搭褲，搭配黑色蕾絲的束腰長上衣，腳上踩著一雙有銀色星形鉚釘的厚底靴，脖子上掛著閃亮亮的大珠子項鍊。

比比也很歡迎蜜蜜。

「蜜蜜，請多指教囉。」

「是、是，也請你多指教。」

「呵呵呵，真可愛囉。你是誰的小幫手囉？什麼時候搬來這裡囉？」比比問道。

客來喜又重複一次剛才對茨露婆婆說的話。

「情況大概就是這樣喵，先不說這個了，老闆有一件事想要拜託你喵。」

「拜託我？」

「是的喵。老闆想要一晚滿天星空的天氣喵。至於酬勞，就像之前一樣，可以在你的某件物品上使用十年魔法喵。」

「那真是來得早不如來得巧，『寶石夜空』差不多可以收成囉，而且我也剛好有一樣東西想請十年屋為我使用魔法囉。嗯，我現在就去準備，你們等我一下囉。啊，如果你們不趕時間，進來坐一下囉。我想讓你們看一下我收成天氣囉。」

客來喜和蜜蜜在比比的邀請下，走進了帳篷內。帳篷內有一張長桌子，桌上放著許多看起來像是實驗工具的燒杯、燒瓶和試管，裡面裝著小太陽、月亮、閃電和雨雲。不僅是蜜蜜，就連客來喜看了，也忍不住瞪大眼睛。

「比比，好壯觀喵。這些都是天氣嗎？」

「當然囉，我把到處蒐集來的天氣種子放在這裡栽培，隨時可以取用囉。你看，這就是你想要的星空囉。」

比比舉起的大燒瓶中，有無數顆閃亮的小星星。

在兩隻貓的注視下，比比唱起了魔法歌。

向日葵呀在哪裡？放眼只見滿天星。
即使想要鴨跖草，卻見滿地香蜂草。
綻放花兒不滿意，那就轉圈來交換，
心儀花兒到手來。

比比在唱歌的同時，微微傾斜右手上的燒瓶，把裡面的東西倒在左手上。滿滿的閃亮星星立刻盈滿比比的左手，然後漸漸縮小，變成一顆小球。

「好了，拿去囉。」

客來喜和蜜蜜接過小球後，都探頭仔細觀察。

小球中是一片星空，美得令人忍不住嘆息。客來喜的喉嚨發出了咕嚕咕嚕的聲音。

「謝謝你喵，老闆一定會很高興喵。」

「不客氣，我也要謝謝他囉。至於報酬，那就請你把這個帶給你老闆囉。」

比比說完，拿出一個大馬克杯，杯子上畫著馬戲團的圖案，花俏歡樂的杯子太適合比比了。

「這是波爺爺之前送我的囉，他說是為了紀念我們成為喝茶好朋友。因為我不想把這個杯子打破，或是不小心碰壞了，所以希望十年屋幫我用魔法包膜囉。」

「知道了喵，那我就收下這個杯子，帶回去交給老闆喵。」

「嗯，那就拜託囉。」

客來喜也辦完了要拜託天氣魔法師協助的事。

蜜蜜跟著走出帳篷後，思考著比比的事。如果比比成為自己的主人，每天的生活都會充滿刺激，絕對不會無聊。

但是，比比剛才提到的「波爺爺」是誰？蜜蜜很好奇，於是問了客來喜。客來喜馬上就告訴牠：

「波爺爺也是魔法師，他會使用封印魔法喵。比比的帳篷旁，有一個看起來很像瓶中船的房子，那就是波爺爺的家喵。波爺爺現在正在追求茨露婆婆喵。」

「茨、茨露婆婆就是剛才的改造魔法師嗎？」

「對喵。呵呵呵，我很支持波爺爺，希望有一天可以為波爺爺和茨露婆婆做一個最棒的婚禮蛋糕喵。」

「所以他們會結、結婚嗎？」

「現在還不知道喵，我只是希望他們可以結婚喵。」

蜜蜜聽了客來喜的回答，很想見一見波爺爺。既然他在追求茨露婆婆，一定是個和氣又溫暖的人，如果這樣的人是自己的主人，不知道會有多美好。

蜜蜜心中想著，跟著客來喜來到另一個魔法師的家裡。

那棟房子也很奇特。正確的說，那不是房子，而是一座高塔。紅磚的高塔外側有螺旋狀的樓梯，可以沿著樓梯走上去。除了樓梯以外，高塔上既沒有窗戶，也沒有入口。

蜜蜜驚訝得不停眨著眼睛，客來喜說：

「這裡是信使魔法師托托的家，這也是今天要去的最後一個地方喵。來，我們上樓梯吧，去找托托喵。」

於是，兩隻貓沿著外側的樓梯，來到了塔頂，也就是屋頂。屋頂上有個巨大的鳥巢，大小不等且粗細不一的樹枝交錯在一起，結構很牢固。下方鋪著稻草，感覺很蓬鬆柔軟。

雖然屋頂上完全沒有任何家具，但到處都放滿了種在盆栽裡的樹，每棵樹上都結滿了很像鳥蛋的果實。

一個年輕人坐在鳥巢中央，正輕快的吹著用竹子做的笛子。

原來那就是托托。蜜蜜睜大了眼睛。

托托又細又長的手腳看起來像鷺鷥，又圓又大的眼睛像貓頭鷹，身上披著一件用各式各樣鳥類羽毛縫製成的斗篷，頭上戴著一

頂有鳥臉和喙的帽子，看起來就像是一隻大鳥，這的確是很適合鳥巢主人的打扮。

托托看到客來喜牠們後，放下笛子，親切的向牠們打招呼。

「嗨，這不是十年屋先生的管家貓嗎？歡迎你來到我的鳥巢，今天你還帶了可愛的朋友一起來。」

托托的聲音很有感情，簡直就像詩人一樣，就連打招呼的聲音，也讓人有一種好像在聽美妙音樂般的愉悅。蜜蜜再次大吃一驚。

客來喜也愉快的瞇起眼睛，向托托打招呼。

「托托，好久不見喵。這隻小貓名叫蜜蜜，是正在尋找主人的小幫手，目前正跟著我實習喵。」

「喔，是這樣啊。嗯，你不用再說下去，我也已經知道你今天上門的目的了。你是不是希望我把蜜蜜的事通知所有的魔法師？」

「沒錯喵，這就是老闆希望你向大家傳達的內容喵，可以請你幫這個忙喵？」

托托看了一眼客來喜遞給他的便條紙，點了點頭說：

「交給我吧，我馬上就來處理。」

托托很有把握的答應後，立刻站了起來，走向其中一株盆栽唱了起來。

鷺草朱蘭瓜槌草，隨著風兒飛空中。
穿越千山和大海，快快來把信兒傳。
上天賦予的翅膀，人們牽手在一起。
鷺草朱蘭瓜槌草，帶著信兒飛上天。

迷人的歌聲令人陶醉。

蜜蜜覺得自己的背上彷彿長了翅膀，隨時會飛上高高的天空。

隨著一陣「啪嘰啪嘰」的聲音，盆栽樹上的果實蛋接連裂開，許多翡翠色的小鳥從裡面飛了出來。

托托吹了一聲笛子，那些小鳥似乎接到了命令，同時起飛，飛向四面八方的天空。

「這樣就搞定了，無論魔法師在多麼遠的地方，我的小鳥都會找到他們，然後傳達十年屋先生的話……其實我也很想主動爭取，但是我有很多鳥朋友，如果找貓來當小幫手，就會失去很多朋友。雖然很遺憾，但也只能放棄了。蜜蜜，不好意思。」

「不，沒關係。」

蜜蜜也覺得自己無法成為托托的小幫手，因為當那些翡翠色的小鳥起飛時，自己一定會無法克制想要跳起來抓牠們的衝動。

客來喜和蜜蜜完成了十年屋交代的所有事情，踏上了歸途。走在回家路上時，蜜蜜小聲對客來喜說：

「師父，我沒想到有這麼多魔法師……」

「有沒有你喜歡的魔法師喵？」

「嗯……大家都很優秀，所以，我很猶豫。」

蜜蜜吞吞吐吐的說，客來喜笑了起來。

「你不需要急著做決定喵，因為還有其他魔法師，下次再介紹給你認識喵。」

「好，下次我也要跟你一起去辦事。」

5 令人煩惱的禮物

很少有人會討厭禮物。

「到底是什麼呢？」打開禮物上的緞帶和包裝時，總是令人興奮不已。收到意想不到的禮物，或是自己渴望已久的東西時，更是令人驚喜萬分。

但是，有時候也會收到不想要的東西，或是不知道該怎麼處理的東西，這種禮物真的很令人傷腦筋。因為禮物中有送禮人精心挑

選的心意，所以無法輕易丟棄，但是也不想繼續留下來。遇到這種情況時，真是讓人不知所措。

二十四歲的年輕人魯奇目前就面臨這種情況。

「嗯……該怎麼辦才好呢？」

魯奇發出嘆息聲，探頭看著巨大的長方形箱子。

像棺材般大小的箱子內有一座木雕。那是一尊漂亮年輕女人的雕像。雕像的皮膚被塗成綠色，頭髮是紫色，身上穿著鮮豔的紅色衣服。額頭上還有第三隻眼睛，散發出一種可怕的感覺，好像盯著魯奇不放。魯奇自己絕對不會買這種雕像。

「亞明這個傢伙，竟然買這種東西給我。」

他忍不住對送他這個禮物的朋友產生了怨言。

沒錯，那是他的好朋友亞明買來送他的禮物。

「我在國外看到這尊女神像，聽說只要放在房間，就會帶來幸運。這尊雕像價值不斐，我花光身上所有的錢才終於買到，因為我希望你得到幸福，而且你快結婚了，當然要更幸福。」

雖然魯奇當時心存感激的收了下來，直到現在也很感謝亞明的心意，只不過已經過了好幾天，他仍然不知道該怎麼處理這座雕像。

他無法喜歡這座雕像，而且他住的公寓很小，根本沒地方放體積這麼龐大的東西。雖然說他兩個月後要結婚，到時候會搬去新房子，但是新房子也並不寬敞。

最重要的是，他的未婚妻千娜嫉妒心很強，看到這座女神像，一定會不高興。魯奇幾乎可以猜到她會說：「你已經有我了，家裡還放這種雕像，到底是什麼意思？」

「還是必須把這座雕像放到某個地方。」魯奇心想。

最近為了準備婚禮忙得不可開交，所以完全沒空處理這件事，但他整天都想著必須解決這個問題。

「……好痛、好痛。」

魯奇頭痛欲裂，他用手指按著腦袋。

不知道是否因為太煩惱了，魯奇最近每天都會頭痛。每次都覺得好像有鐵釘打進了額頭，痛得他完全無法思考。

「可惡，頭痛一天比一天嚴重了。啊，好痛好痛……不行了，我無法忍耐了。」

魯奇的頭痛太嚴重了，他決定吃止痛藥。

當他打開藥箱時，看到裡面有一張卡片。

棕色的卡片上畫著蔓草圖案，上面寫了「十年屋」的店名，還寫著這是一家可以代客人保管任何東西的店。

如果這是真的，那還真的是及時雨，一定要請那家店代為保管這座女神像。

魯奇急忙打開卡片，想知道裡面有沒有寫那家店的住址。一打開卡片，他頓時被一陣光芒包圍，一眨眼的功夫，就來到了一個陌生的地方。

魯奇搞不清楚發生了什麼事，但是他的頭痛更加嚴重了，讓他無法繼續思考。

救命……

他搖搖晃晃的跪在冰冷的石板上，頓時失去了意識。

當他回過神時，發現自己躺在一張柔軟的沙發上。旁邊有一個年輕男人，正在用冷毛巾擦拭他的臉。

他和男人四目相接，男人鬆了一口氣，露出了微笑。

「太好了，這位客人，你終於醒了。」

「客人？」

「對，因為你在這家『十年屋』前昏倒，所以我猜想你是有事情要來本店的客人，於是就把你帶了進來。現在感覺怎麼樣？你剛才好像很痛苦……是不是頭很痛？」

「對、對。」

「既然這樣，客來喜，你倒一杯冰檸檬茶，要加入大量的蜂蜜，然後拿來這裡。」

「好的喵。」

男人對後方的房間交代了一聲，立刻有一個可愛的聲音回答。

不一會兒，一隻橘色的貓從後方出現，像人類一樣直立著身體走了過來。

橘貓臉上那雙祖母綠的眼睛發亮，手上拿著裝滿檸檬茶的杯子走向魯奇。

「這是檸檬茶，請享用喵。」

「請你喝下去，頭痛一定可以改善。」

「謝謝！那我就不客氣了！」

魯奇一聽說可以改善頭痛，立刻接過杯子。

加了大量冰塊和蜂蜜的檸檬茶十分美味，魯奇咕嚕咕嚕的喝了下去。當他喝完時，頭痛竟然神奇的消失了。

簡直就像魔法。想到這裡，他倒吸了一口氣。

魔法，沒錯，這的確就是魔法。所以眼前這個脖子上繫著忽綠忽紫閃光色絲巾，身穿棕色西裝背心，有一雙琥珀色眼睛的男人，一定就是魔法師。

魯奇的猜想沒有錯，這個男人向他自我介紹，他是魔法師，名叫十年屋，而且可以使用十年魔法保管任何東西。

魯奇挺起身體聽十年屋說話，然後立刻決定要委託他保管那座女神雕像。即使聽到必須支付一年壽命作為報酬，魯奇的決心仍然沒有動搖。

「亞明是個好人，我和他從小學時就是好朋友，有人欺負我時，他還曾經保護我。最近因為我們都很忙，所以很少有機會見面，我告訴他，我即將結婚時，他為我感到很高興，送了我那座女神像，希望我一定要幸福。只不過我現在沒辦法留在身邊，所以，我想委託你保管那座女神像。」

魯奇才剛說完，那座女神像就突然出現在他身旁。

「啊！」橘貓尖叫著逃走了。

就連十年屋也驚訝得瞪大了眼睛。

「這……的確很難作為室內的擺設品。」

「是啊，而且如果真的放在房間，我的未婚妻可能會不高興。」

「咦？你這是在晒恩愛嗎？」

「不，我沒有……總之，我希望能夠委託貴店保管這座雕像，可以嗎？」

「當然可以，你確定要委託本店保管嗎？」十年屋再次確認，魯奇點了點頭。

「對，拜託了。」

「沒問題，那我們就來簽約。」

魯奇在十年屋遞給他的記事本上簽了名，把女神像委託給十年屋保管。

❖

幾年的歲月過去了。

這幾年之間，魯奇雖然忙碌，但很滿足，無論工作還是家庭都很充實，而且他跟太太也生了一個孩子。魯奇深深體會到，自己很幸福。

唯一的遺憾，就是和好朋友亞明漸行漸遠，因為亞明每次見到他，都會問起女神像的事。

「你要把那座女神像放在家裡當擺設呀，我可是為了你的幸福才買給你的。」

每次聽到亞明這麼說，魯奇就感到很痛苦。他當然不可能告訴亞明，自己把女神像交給了魔法師保管，每次都要支支吾吾的掩飾這件事，讓他很痛苦。魯奇當然也不可能邀請亞明來家裡玩，於是漸漸避開亞明，不想和他見面。

亞明似乎也察覺到魯奇在躲著他，不久之後，也就不再寫信給魯奇了。

魯奇雖然感到有點落寞，但也鬆了一口氣。他覺得自己很無情。有一天，強烈的後悔取代了魯奇內心的疙瘩。他從其他朋友口中得知，亞明發生車禍死了。

魯奇得知這個消息時，忍不住哭了起來。

早知道會發生這種事，自己應該更常和亞明見面，應該更珍惜這份友情。早知道應該邀請亞明來家裡玩，讓他看到自己把女神像放在家裡。

「這是你送我的女神像，我覺得是因為這座女神像的關係，現在才能夠這麼幸福。」如果亞明聽到自己這麼說，一定會很高興。

但是，一切都已經來不及了。因為亞明已經死了。

既然這樣，至少要把那座女神像拿回來。這次無論太太說什麼，魯奇都要把女神像當作是亞明留下的遺物，放在自己的房間內。

在魯奇下定決心的瞬間，他發現自己站在濃霧瀰漫的奇妙街道上，眼前是鑲了勿忘草彩色玻璃的白色大門。

「是十年屋的門！我終於又回來這裡了！」魯奇心裡想著，急忙推開門，衝了進去。

十年屋和那隻橘色的貓，還有一隻以前從來沒有見過的奶茶色小貓都在店裡。

十年屋一看到魯奇，立刻露出了笑容。

「哎呀，魯奇・汀龍先生，好久不見了。」

「十年屋先生，你竟然還記得我嗎？我們只有在幾年前見過一次面而已。」

「正確的說，是三年五個月又十四天。對，我當然記得你。我從來不會忘記客人的長相和名字，你既然來到本店，是不是想取回你寄放的物品？」

「對，沒錯。不瞞你說，送我那座女神像的朋友發生車禍去世了，所以我希望帶回去紀念他。」

「原來是這樣，那請你等一下。對了，客來喜、蜜蜜，你們兩個也來一下。」

十年屋彎下腰，小聲對兩隻貓說了什麼。兩隻貓點了點頭，跑到後方去了。

十年屋轉頭看向魯奇說：

「讓你久等了，那我就把物品交還給你。」十年屋說完，甩了一下手臂，那座女神像就出現在魯奇面前。

魯奇發現雕像和三年五個月又十四天前看到的完全一樣，不禁充滿感激。但是，正當他向十年屋道謝，準備抱著女神像離開時，十年屋叫住了他。

「請等一下，請問你知道一種名叫『甘巴拉嘉』的樹木嗎？」

「什麼？」

「那是生長在南國的一種樹木，外表像白色大理石般光滑，乍看之下，會以為是出色的木材。但是當地人稱之為死亡之樹，因為甘巴拉嘉樹有毒，會緩緩釋放出有毒成分。」

「有毒……」

「起初會引起頭痛或是暈眩等症狀，之後會越來越嚴重，是非常危險的東西。我之所以會和你說這些，是因為在保管期間，我在偶然的機會下，發現那個雕像就是用甘巴拉嘉樹雕刻而成的。」

「這個嗎？」

「對。看來你並不知道這件事。」

「我、我並不知道，甚至不知道有這種樹……我想起來了，在收到這個雕像之後，我經常頭痛。然後交給你保管之後，頭痛就完全消失了。我還以為是因為在這裡喝了檸檬茶的關係。」

「即使是本店管家貓特製的檸檬茶，也沒有這麼大的效果。你回去之後就不再頭痛，是因為遠離了會散發有毒成分的雕像。但是，一旦你拿回家裡，又會發生相同的情況。這次不光是你，你的家人也會受到危害。我必須提醒你，如果小孩子吸入這種毒，後果會不堪設想。」

魯奇腦海中想起了太太和剛出生不久的女兒。家人，是世界上最重要、自己必須保護的對象。

雖然他內心充滿了對亞明的愧疚，但他立刻下定了決心。

「亞明，對不起，我不會忘記你。但是，這座女神像……我必須放棄。」

他在內心向已經死去的朋友道歉後，看著十年屋說：

「那我就不拿回去了。」

「我也認為這樣比較妥當……請你用和朋友之間愉快的回憶來紀念他。」

「是的，我會這麼做。」

這一次，魯奇真的放棄了女神像。

客人離開後，十年屋用力嘆了一口氣。

「哎呀，原本還很擔心呢。客來喜、蜜蜜，你們可以出來了。」

兩隻貓聽到十年屋的呼喊，從堆積如山的物品後方跳了出來。

「老闆，真是太好了喵。」

「嗯，是啊。」

「如果客人聽了甘巴拉嘉樹有毒的事，仍然執意要把女神像帶回去，你們就突然衝出來，讓那個客人跌倒。」剛才十年屋就是這麼吩咐客來喜和蜜蜜。

「因為你們的動作很敏捷，客人會以為只是被什麼東西絆倒了。甘巴拉嘉樹雖然很漂亮，但材質很鬆脆，一旦掉在地上，就會像陶瓷一樣摔得粉碎。話說回來，幸好那個客人願意放棄雕像，所以不需要你們出手。」

「老闆，那要怎麼處理那個雕像喵？」

「我會拿去後方的空地燒掉。」十年屋語氣堅定的說，「這種東西不能拿去給茨露婆婆和吉拉德先生，你們也不要太靠近。我現在就去……」

「你竟然破壞我的好事！」

突然傳來一聲怒吼，讓十年屋和兩隻貓都跳了起來。

一個男人不知道什麼時候出現在他們面前。那個男人年紀很輕，五官也很英俊，但惡狠狠的瞪著他們的樣子很可怕。

蜜蜜嚇得渾身發抖，客來喜緊緊抱著牠。十年屋站在兩隻貓面前保護牠們，然後靜靜的開口。

「你該不會就是亞明？你是魯奇・汀龍先生的朋友？」

客來喜和蜜蜜都瞪大了眼睛，那個人不是已經死了嗎？

男人對著屏住呼吸的兩隻貓和十年屋用力點了點頭。

「對，沒錯，我就是亞明，但是魯奇才不是我的朋友，他是我的敵人！」

亞明滔滔不絕的說了起來，他的語氣裡充滿對魯奇的恨意。

「以前向來都是我比他更優秀，我功課比他好，也比他會玩，他沒有任何地方贏過我。因為他很遲鈍，所以向來都是我在罩他。沒想到上了中學之後，大家突然都說他很優秀。無論功課還是運動方面，就連個子也比我更高。我卯足了全力想要贏過他，但還是追不上他……而且魯奇竟然還娶到了那麼漂亮的老婆。我無法原諒他！我希望他不幸，我要他不幸！」

原來是這麼一回事。十年屋點了點頭。

「你明明知道這個女神像有毒，還送給魯奇先生。」

「當然！我去南方島嶼旅行時，看到小巷子內在賣這個詛咒的女神，所以我就買來送給他了，希望他中毒而死。沒想到過了很久，他仍然活得好好的，我還在納悶，究竟是怎麼回事？沒想到他竟然委託魔法師保管。真是被他擺了一道！這算什麼朋友！真的是朋友的話，就會把朋友送的東西好好留在身邊！」

「你有資格說這句話嗎？」

「少囉唆！而且，我也是因為魯奇才會死！」

「咦？我聽說你是發生車禍身亡……」

「的確是這樣，但原因出在他身上！我想要成為有錢人報復他，所以做了一筆危險的生意，沒想到生意失敗，被一些危險的人追殺。於是我開車逃命，結果就發生了車禍。這全都是魯奇害的！混蛋！為什麼好事都被他占盡！簡直太不公平了！」

「是這樣嗎？」十年屋語重心長的對他說：「看起來很幸福的人，其實可能很不幸。看起來輕鬆獲得成功的人，其實付出了比其他人多好幾倍的努力，這種事情很常見，所以不要輕易嫉妒別人。你不應該嫉妒魯奇先生的幸福，而是要努力尋找自己的幸福。」

「只要努力就可以得到幸福嗎？只要努力，就可以實現所有的願望嗎？哼！這根本就是天方夜譚！魔法師，我告訴你，現實比你想的更加殘酷！」

「你說得沒錯，並不是只要努力，就可以實現所有的願望，但是，把握住幸福的人，一定都付出了努力。」

然而，亞明根本聽不進十年屋的話，他惡言惡語的痛罵十年屋、咒罵魯奇。接著，他突然露出邪惡的笑容。

「算了，沒關係，反正我害他失去了一年的壽命，他會早死一年。他有朝一日，一定會後悔自己陪老婆跟孩子的時間減少了。哈哈哈，活該！」

十年屋聽到他這句話，頓時變得面無表情。接著用和剛才完全不同，沒有感情的聲音說：

「我不想再繼續聽你發牢騷了，我並沒有那麼閒，也不是爛好人，沒空一直和無法溝通的人說話，請你離開。」

「你、你說什麼？」

亞明氣得整張臉都扭曲起來，想要撲向十年屋。十年屋見狀，立刻睜大眼睛，厲聲喝斥：

「退散！」

簡短的兩個字卻充滿了雷鳴般的威力和氣勢，亞明就像被這個聲音擊潰，他的身影在轉眼之間就消失了。

兩隻貓看得目瞪口呆，十年屋回頭望向牠們時，臉上恢復了往日的平靜和溫柔。

「沒事了，他再也不會出現了。」

蜜蜜嚇得渾身發抖，開口問十年屋：

「他、他是幽靈嗎？他、他為什麼、會來這裡？」

「幽靈很容易附著在讓自己產生執念的物品上，這座女神像中聚集了那個男人的惡意和執念，所以他才會出現在這裡，想要附著在全世界最有他個人風格的物品上。很遺憾，這個世界上就是有這種充滿惡意的人，最好不要和他們有任何牽扯。」

客來喜難過的低下了頭。

「魯奇先生太可憐了喵，竟然為了那種人，浪費自己的壽命喵。」

「但是魯奇先生並不知道亞明是這種人，他仍然相信亞明是他的好朋友。只要他還相信這件事，就不會後悔。」

「啪。」十年屋拍了一下手，彷彿想要轉換心情。

「你們去後面，在我處理這座雕像時，為我準備一杯美味的咖啡吧，我還想吃加了大量巧克力碎片的餅乾。遇到討厭的人之後，就要吃美食，忘記這些不愉快。」

「明白喵！」

「馬上就去準備！」

客來喜和蜜蜜急忙跑去後方的廚房。

6 十年後的約定

晚上八點，蜜蜜獨自待在自己的房間內。

牠今天已經完成了小學徒的工作，現在是自由時間。十年屋和客來喜都在各自的房間，做自己喜歡的事。

但是……

蜜蜜看向窗外，外頭一片漆黑，只聽到淅淅瀝瀝的雨聲。

蜜蜜很不喜歡這種安靜得只有雨聲的夜晚，牠總是忍不住感到

格外寂寞。

牠實在受不了寂寞，於是決定去客來喜的房間找牠。

蜜蜜敲了敲門，客來喜立刻就來開門了。

「蜜蜜？有什麼事喵？」

「沒事。只是……我不想獨自待在房間裡。師父，我可以進去嗎？」

「當然可以喵。來，進來吧。」

客來喜打開了門，蜜蜜立刻走了進去。

客來喜的房間內有許多手工縫製的抱枕，還有拼布壁飾。小書架上放了製作料理和點心的食譜書籍，客來喜平時穿的黑色背心和領結都掛在衣架上。

客來喜讓蜜蜜坐在魚形狀的床上，然後拿出馬芬蛋糕給蜜蜜當宵夜。

「你可以放輕鬆，有喜歡的書也可以自己拿起來看喵。我要繼續做一些針線活喵，等我完成之後，就可以陪你玩喵。」

客來喜說完，坐在小椅子上開始繼續縫東西。蜜蜜探頭問：

「師父，你在做什麼？」

「我在為朋友做新衣服喵。」

「朋友？」

「是喵。」

客來喜高興的抱起放在一旁的娃娃。那是一隻黑貓娃娃，戴著紅色帽子，穿著紫色大衣，腳上還穿著長靴。

「這個娃娃的名字叫皮喵，是來店裡的客人送我的，也是我重要的朋友喵。我目前正在為皮喵慢慢的添置新衣服，我正在做睡衣和睡帽喵。」

「好棒喔。」

「蜜蜜，你要不要一起學縫紉喵？我可以教你，你可以學怎麼刺繡喵。」

蜜蜜點了點頭。客來喜從盒子裡拿出很多布料和繡線，要牠挑選自己喜歡的。

蜜蜜挑選了黑色手帕和閃閃發亮的線，在客來喜的對面坐了下來。在客來喜的指導下，一針一線繡了起來。牠一邊繡，一邊問了一個一直很好奇的問題。

「師父，請問你是怎麼成為十年屋的管家貓？你也是被覓娜發現後，帶來這裡的嗎？」

客來喜倒吸了一口氣，停下手上的動作。

蜜蜜看到牠那雙祖母綠的眼睛不停飄忽，慌忙停下了手。難道自己問了不該問的事嗎？

「對、對不起，如果你不想回答，不用回答我沒有關係。」

「不，沒關係……只是因為你突然這麼問，我有點驚訝喵。不瞞你說，我原本是客人委託保管的物品喵。」

「啊？師父，你、你是被保管的物品？是保管在『十年屋』嗎？」

「是喵。那已經是很久以前的事了。」

客來喜娓娓道來，牠的聲音幾乎融入了雨聲中。

十二歲的少年柯恩非常討厭夏天。夏天很熱，又有蚊子，而且還有暑假。

想到漫長的暑假即將來臨，他就忍不住渾身發毛。

以前，他和其他孩子一樣熱愛暑假，很期待暑假早日到來，也希望暑假不要結束。

直到兩年前，他有了新爸爸之後，一切都變了。

基佐叔叔是木匠，沉默寡言，但是個親切善良的好人，也很疼惜獨自辛苦把柯恩養育長大的媽媽。

柯恩很感謝基佐叔叔。但是，他始終無法開口叫基佐叔叔「爸爸」。他和基佐叔叔的關係並沒有很差，他也不討厭基佐叔叔，但還是覺得他只是「外人」。

基佐叔叔似乎也不知道該怎麼和柯恩相處。即使基佐叔叔和媽媽結婚已經兩年，他們相處時仍然很不自在。

柯恩覺得在家讓他很尷尬，總是有點心神不寧。而暑假期間，就必須從早到晚都待在令他感到不自在的家裡。

柯恩想到就忍不住渾身顫抖。

唉，真希望可以趕快長大，一個人搬出去住。他發自內心這麼期望，垂頭喪氣的走在放學回家的路上。

這時，他聽到了貓叫聲。

叫聲很尖，但很小聲。八成是小貓，這附近有小貓。

柯恩頓時興奮起來。他熱愛動物，尤其最愛貓咪。貓的眼睛閃閃發亮，渾身散發出神祕的感覺，肢體動作也很優雅，小貓更是無敵可愛。

我要看小貓，哪怕只看一眼也好。

柯恩一面想著一面走向旁邊的小路，循著貓叫聲，走進了草叢。他撥開茂密的草叢，忍不住倒吸了一口氣，因為他發現那裡有一個大紙箱。

柯恩急忙探頭查看，立刻又倒抽了一口氣。箱子裡果然有一隻小貓。

小貓差不多只有兩個拳頭大，又瘦又小，橘色中帶著棕色的毛沾了很多髒東西，眼睛被眼屎黏住了，尾巴中間也折彎了。即使再怎麼昧著良心，也不能說牠是可愛的小貓，但是柯恩覺得一看到那隻小貓，時間就好像停止了。

終於見到了。他內心充滿了這種想法。

但是，小貓似乎很虛弱，喵喵的叫聲也越來越微弱。

牠應該是肚子餓了。柯恩心想。

要不要先回家，帶食物來給牠吃？不，可能等自己回來時，牠就死了。但是自己身上沒錢，沒辦法帶牠去看獸醫……管不了那麼多了，先帶回家再說。

柯恩很快就下定決心，然後抱起了紙箱。

他一路上小心翼翼，盡可能避免讓紙箱搖晃，急急忙忙的趕回家裡。

在走回家的路上，他也在拚命思考，接下來該怎麼辦。

如果被媽媽發現，媽媽一定會罵他：「你為什麼把小貓帶回家！趕快放回去！」所以最好不要被媽媽發現，只能偷偷藏在自己房間裡。好，就這麼辦。

希望媽媽不在家，希望媽媽不在家。

可惜，命運對柯恩很殘酷。

當他準備悄悄從後院溜進家門時，剛好撞見媽媽。

「柯恩，你回來了。紙箱裡是什麼？」

「沒、沒什麼，我只是把學校的作業都帶回家了。」

柯恩急忙掩飾著，想從媽媽身邊繞進屋裡，但他還沒有踏進門，媽媽就探頭看向紙箱，驚叫了一聲，露出可怕的表情大喊：

「柯恩！」

「對、對不起，小貓快死了，我不能見死不救。媽媽，求求你！我會自己照顧牠，拜託了……」

「不行。」

柯恩的話還沒說完，媽媽就打斷了他。

「趕快放回去，我已經說過好幾次了，我們家不能養貓。」

「為什麼不能養？我會照顧牠，我以後再也不任性了，也不會央求你買任何東西，一輩子都不要零用錢！求求你，媽媽，讓我養這隻小貓！」

只要有這隻小貓，我可以什麼都不要！柯恩發自內心大叫著。

但是，媽媽仍然沒有點頭答應。

「不是你想的那樣。因為基佐叔叔會對貓過敏，所以我們家絕對不能養貓。」

柯恩大吃一驚，媽媽溫柔的安慰他：

「你趕快放回去，別擔心，一定會有其他人把牠帶回家。」

「不要，我不要。這是我的！這是我的小貓！」

「你在說什麼呀，媽媽說不行就是不行。」

「那叔叔搬出去就好了！對呀，那就讓叔叔搬走啊。」

「啪。」一聲清脆的聲音響起，媽媽打了柯恩一記耳光。

柯恩狠狠瞪著怒目圓睜的媽媽。

討厭！我討厭媽媽，討厭對貓過敏的叔叔，也討厭這個家！

「算了！」柯恩大喊著，衝出了院子。

既然這樣，那我要離家出走，以後再也不回這個家了，就讓媽媽和叔叔兩個人住就好，我要和小貓一起生活。

他越想越不甘心，越想越難過，淚水不停的流，不顧一切的奔跑著。

柯恩跑到一座小公園才終於停下腳步。公園裡沒有其他人，他覺得可以在這裡平復一下心情。

「別擔心，我不會拋棄你，絕對不會拋棄你。」

他把手伸進紙箱，第一次撫摸小貓。

小貓的身體摸起來凹凸不平，只摸得到骨頭，好像完全沒有長肉，不像親戚家的貓，摸起來軟呼呼的，很舒服。

柯恩忍不住全身發毛。

這隻小貓是不是真的性命垂危？

小貓已經不再發出叫聲，柯恩想起牠從剛才就很安靜。牠睡著了嗎？不，不是這樣，小貓快死了！

「不、不行！你不可以死！」

柯恩把小貓從紙箱裡捧出來，輕輕抱在懷裡。小貓的身體真的很小、很輕，而且渾身無力，手腳和脖子都垂了下來。

柯恩的淚水忍不住奪眶而出。

誰來救救牠？只要有人能救小貓，我願意做任何事！

他發自內心求救時，有一張卡片從天而降。對折的棕色卡片上用銀色墨水寫著「十年屋」三個字。

雖然現在沒空理會這種事，但柯恩還是拿起了卡片。他也不知道原因，總覺得這張卡片可以幫助自己，所以沒有仔細思考，就打開了卡片。

卡片立刻發出金色光芒，好像玫瑰藤蔓般的纏繞住他的身體。當柯恩回過神時，發現自己抱著小貓，站在陌生的街道上。

那條街很不可思議，路旁都是石頭房子，被潮溼的濃霧籠罩。不知道是否因為起霧的關係，街上完全沒有人，靜悄悄的。

柯恩很害怕，差點尖叫起來。

但是，在他叫喊出聲之前，看到一個男人拿著掃帚和畚箕從眼前的房子內走了出來。

那個男人很年輕，穿著棕色背心和長褲，裡面搭配了一件熨燙得筆挺的白襯衫，脖子上繫了一條漂亮的天空藍絲巾，銀色細框眼鏡讓他看起來很瀟灑。

那個男人一看到柯恩，就露出興奮的表情。

「咦？原來有客人。」

而柯恩的視線一對上那雙琥珀色的眼睛，立刻大叫起來：

「這隻小貓快死了！」

接著，他不顧一切的向男人說了很多事。他撿了小貓回家，但無法在家裡飼養，以及被媽媽打了一記耳光，然後似乎還說了對基佐叔叔的不滿。

當柯恩終於閉上嘴時，男人點了點頭說：

「原來是這樣，我了解狀況了，你果然是本店的客人。那麼就由本店來保管這隻小貓吧。」

「啊？哥、哥哥，你要養這隻小貓嗎？」

「不，並不是，我只是代為保管。」

男人咧嘴一笑。

「不是經常有這種事嗎？有些自己愛不釋手的舊玩具或是繪本，或是某些東西雖然現在用不到了，但因為充滿了回憶，所以無法丟棄，但是又無法繼續放在家裡。本店專門保管這種物品，所以也可以保管這隻小貓。」男人對柯恩解釋。

「本店可以為你保管十年的時間，十年之後，你就是出色的大人，可以自立門戶，搬去可以養貓的房子或公寓。到時候，你就能把小貓接回去，但是，你必須支付報酬。」

「我沒有錢。」

「並不是用金錢支付報酬。」

柯恩覺得男人的眼睛發出了金色的光芒。

「你要用壽命來支付。」

「壽、壽命？」

「對，從你原本的壽命中拿出一年，作為支付的報酬。」

柯恩很想大叫，這種時候不要亂開玩笑。壽命怎麼可能作為報酬來支付？更何況要怎麼支付？

但是，他看到男人的眼神，就說不出話了。因為男人的眼睛在發亮。

柯恩見狀，才終於發現一件事。這個人不是普通人，這家店也不屬於自己熟知的世界。

柯恩愣在那裡。男人溫柔的對他小聲說道：

「只要交給我，這隻小貓馬上就會恢復活力，我向你保證，我一定可以救牠。你捨不得自己一年的壽命嗎？如果你拒絕，我當然不會介意。」

柯恩看到男人後退一步，忍不住著急起來。

他覺得只要說一句「不」，男人就會消失不見，小貓就沒救了。無論如何都要救小貓。柯恩一心只想著這件事，於是點了點頭。

「好、好，請你幫我保管。」

「所以，你願意支付壽命？」

「……嗯。」

「太好了。」男人開心的笑了起來，「那我們來簽約。」

男人從懷裡拿出一本小型記事本和一枝銀色的鋼筆。

「首先是委託保管的日子，七月七日。嗯，這裡沒問題。委託保管的物品……我可以請問這隻小貓的名字嗎？」

「名字……我還沒有想過。」

柯恩注視著懷裡的小貓，雖然身上很髒，但是只要洗個澡，絕對會是一隻漂亮又令人喜愛的橘貓，就像是日式黃芥末的顏色。

「就叫客來喜（注）吧。」

「喔，真是個好名字。好，所以委託保管的物品是客來喜。」

男人在記事本上快速寫完之後，遞到柯恩面前。

「請你在這裡簽名。」

「好。」

男人交給他的銀色鋼筆很沉重。柯恩握著鋼筆時，心臟發出了很大的跳動聲音。他在寫自己的名字時，覺得有什麼東西隨著墨水一起從身體裡流走了。

壽命。是一年的壽命正離開自己，被吸入記事本的紙中。

雖然柯恩感到害怕，但他還是簽下了自己的名字。

「好，這樣就可以了。」

男人立刻把記事本收了起來，柯恩仔細打量著他。

「哥哥……你到底是誰？」

「哎呀，真是太失禮了，我應該在見面時就自我介紹。咳咳，我是魔法師，這一帶的人都叫我十年屋。請你把客來喜交給我。」

柯恩緊張的把渾身無力的客來喜交給十年屋。

十年屋不知道小聲說了什麼，然後溫柔的撫摸客來喜。

沒想到客來喜原本好像快折斷的纖細身體慢慢變得豐腴，骯髒的毛也漸漸變乾淨了。

客來喜在轉眼之間，就變成了可愛的橘色小貓。

柯恩看得呆若木雞，十年屋笑著對他說：

「我採取了緊急措施，等一下回到店裡之後，我會好好照顧牠。對了，這是本店的名片。」男人把名片交給柯恩。

棕色的小卡片上，正面用漂亮的銀字寫著「十年屋」，但背面什麼都沒寫。

「等到十年後約定期限的那一天，這張名片背面就會出現本店的地址和地圖。那我們就十年後再見了。」

十年屋轉過身，這次真的離開了。

柯恩回過神，對十年屋大喊：

「我絕對會來接客來喜！我保證！我絕對會來接客來喜！」

十年屋沒有停下腳步，也沒有回頭。但是，柯恩的確聽到了他的回答。

「好，我等你！」

十年屋走進屋內的同時，周圍的風景轉動，瀰漫著濃霧的街道漸漸模糊、縮小，眼前變成一片綠色。

柯恩驚訝的發現自己回到了那個小公園。手上的小貓不見了，只剩下一張棕色的名片。

原來剛才的一切不是夢。柯恩輕輕嘆了一口氣。

不可思議的是，他既不感到難過，也不覺得寂寞，反而全身充滿了「我要加油，我要努力，才能去迎接客來喜」的能量。

柯恩在回家的路上，心中牢牢惦記著這個想法。

媽媽看到柯恩回家，露出鬆了一口氣的表情。柯恩看到媽媽的表情，也就不再生氣了，只希望自己趕快長大。

那天之後，柯恩不顧一切的努力。除了刻苦用功，還請媽媽教他下廚和打掃，為日後獨立生活做準備。

總之，要早日離家，去迎接客來喜。

柯恩發現一件不可思議的事：當內心有想要實現的目標，即使遇到不愉快的事，也不會感到痛苦。

在每天忙碌的生活中，柯恩和基佐叔叔之間的關係也漸漸變得融洽。

一年後，妹妹出生，家裡的氣氛更加融洽愉快了。

但是，柯恩並沒有忘記客來喜。

還有八年十個月又二十九天；還有八年十個月又二十八天……

他每天睡覺前，都會計算離約定的日子還有幾天。

十年就這樣過去了。

二十二歲的柯恩順利從大學畢業，進入一家建設公司工作。同時，他搬離了家，展開一個人的生活。

他租了一間小公寓，離公司很近，市場就在附近，最重要的是，那裡可以養寵物。雖然房租並不便宜，但是柯恩毫不猶豫租下了房子。

他搬好家，把家裡整頓得很舒適後，緩緩拿出了那張棕色名片。這十年來，柯恩都珍藏著這張名片，今天正是他期待已久的七月七日，終於到了使用這張名片的時候了。柯恩靜靜的翻到名片背面，上面果然出現了銀色墨水寫的地址和地圖。

「黃昏小路二丁目五街……」

柯恩從來沒有聽過這個地名，但他打算照著地圖去找那個地方。

外面下著雨，柯恩衝出門外。

黃昏小路二丁目上濃霧瀰漫，位在第五街的「十年屋」就像是古董店或是倉庫，堆滿了各式各樣的東西。

除了舊衣服和舊鞋子，還有看起來像金銀財寶的首飾從木箱中滿了出來。破舊的娃娃堆成了山，旁邊則是很高級的櫥櫃和花瓶。

店內堆得滿坑滿谷的物品，都有一個共同點：所有的物品都蒙上了「特別」的面紗。

心愛、重要、不想失去。

這些物品帶著這些感情，靜靜的陷入沉睡。

某一年的七月七日，魔法師十年屋聽著雨聲，正在擦拭架子上的灰塵。

「叮鈴鈴。」輕快的鈴聲響起，有人走進店內。

十年屋看向門口，一個年輕男人站在那裡。他可能沒有撐傘，渾身都溼透了，頭髮上滴著水。

十年屋露出了笑容說：

「喔，原來是你。柯恩．史達爾先生，你長這麼大了。」

「十年屋先生，你完全沒變。」

「因為職業的關係，所以我的外表不會改變。你今天來這裡，是不是打算帶牠回家？」

「對，這是我們當初的約定。」

「是啊。那我馬上把牠帶過來。」

十年屋走去店內後方，不一會兒，就走了回來。

柯恩瞪大了眼睛，因為十年屋手上抱著一隻小貓。

小貓差不多只有兩個拳頭大，一身蓬鬆的橘毛，祖母綠的眼睛，看起來很可愛。

「客、客來喜？」

「你很驚訝嗎？」十年屋笑著說：「在本店，時間停止流動，因為客人把重要的東西交給我保管，我當然必須好好保護這些物品，這就是你的客來喜，如假包換。」

十年屋說完，把客來喜放在地上。

柯恩緊張的彎下身體，把手伸向客來喜。

「客來喜……過來，我來接你了。」

「喵嗚。」客來喜開心的叫了一聲，跑向柯恩。

柯恩緊緊抱著小貓。雖然小貓很輕，但很溫暖，也很健康。柯恩的願望終於實現了。

柯恩感受著內心滿滿的幸福，撫摸著客來喜。

「我租了房子，我們可以一起住。客來喜，我們回家吧，我會買很多貓罐頭，也會買很多玩具給你，我們要永遠、永遠開心的生活在一起。」

「喵嗚。」

「嗯，我們回家吧。」

柯恩露出滿面笑容，準備站起來。

但是下一刻，他的身體卻像霧一樣消失了。

客來喜撲通一聲掉在地上。十年屋見狀，難過的說：

「他應該是在來這裡的路上發生了車禍，只是他自己並沒有發現。雖然令人同情，但他的壽命就這麼長。如果當初沒有支付一年的壽命，你們或許還能夠一起生活一段時間，但是這樣的日子也不會太長。」

還是小貓的客來喜垂頭喪氣，說不出話，十年屋輕輕把牠抱了起來。

「你很幸福，他遵守了承諾來接你。即使只剩下靈魂，仍然堅持來接你，這樣的人並不多，可見他有多愛你。所以，你不要沮喪，他把時間給了你，你必須好好珍惜他給你的時間。」

十年屋說完，又看著客來喜的眼睛說：

「只要你願意，要不要當本店的店貓？包吃包住，有薪水可以領，還可以睡午覺。怎麼樣？這個條件不錯吧？」

「……喵嗚。」

「對嘛，沒理由不答應。那就請你在這裡簽名，啊，你蓋個掌印就好。」

十年屋說完，拿出了記事本。

❖

「我就這樣成為老闆的管家貓……我的故事說完了喵。」

客來喜靜靜的不再說話。

蜜蜜不知道該說什麼，因為客來喜雖然沒有哭，但是牠的聲音中充滿懷念、悲傷和深深的愛。

過了一會兒，蜜蜜才終於開了口。

「師父，你很愛那個人嗎？」

「當然喵，客來喜的主人只有老闆一個人，為老闆工作是最幸福的事喵，但是我絕對不會忘記那個人喵……他為了來這裡，發生車禍身亡喵，老闆也因為這件事，改變了這家店的魔法喵。」

以前都是把名片交給客人，由客人自己來這家店。那件事發生之後，當客人要取回物品時，便改由十年屋送出魔法卡片，直接將客人帶過來。想必十年屋也因為那件事，受到了很大的打擊。

「總之，就是這麼一回事喵。那是無論經過多少年，都無法忘記的回憶喵。」

「師父……」

「喔，我沒事喵。我現在真的很幸福喵，等你找到主人之後，你就能夠體會我的心情了喵，而且這一天很快就會到來喵。」

客來喜又接著說：

「下個星期日，魔法師都會聚集在魔法街的集會所喵。老闆請托托通知了所有的魔法師喵，所有希望你成為小幫手的魔法師都會來，向你表達他們的心意喵。你要從這些魔法師中，挑選自己的主人喵。」

「我、我真的可以找到主人嗎？」

「一定可以找到喵，來，你繼續把手帕繡好喵。」

蜜蜜在客來喜溫柔的催促下，又再度開始繡手帕。牠滿腦子都想著下週日的事。自己真的能夠在那天的集會中找到主人嗎？

注：日式黃芥末醬的日文發音，與「客來喜」接近，因此命名。

7 萬中選一的魔法師

星期日，魔法街上人聲鼎沸，呈現前所未有的熱鬧景象。平時這條街上向來都寂靜無聲，不見人影，而今天所有的魔法師都來到街上。

所有魔法師都顯得焦躁不安，不停的看時間。因為他們正在等街上的集會所開門。

今天，在十年屋實習受訓的小貓將決定主人。那隻可愛的小貓

會挑中哪一位魔法師呢？

除了報名參加的魔法師，其他人也都興致勃勃。

變色魔法師譚恩也把變色龍帕雷特放在肩上，一起前往集會所。當他快步走在路上時，有人叫住了他。

「嗨，這不是譚恩嗎？」

戴著草帽，身穿藍色工作服的高大爺爺向譚恩打招呼。他一臉開朗的表情，長鬍子上綁了不計其數的鑰匙，腰上的皮帶上也掛了很多鎖。

他是封印魔法師波爺爺。

譚恩靦腆的小聲向他打招呼。

「波爺爺，你好……」

「嗯，你好。你也要去集會所嗎？你也想角逐成為小貓蜜蜜的主人嗎？」

「不，我已經有帕雷特了……」譚恩搖了搖頭回答，帕雷特也尖叫起來。

「對呀！譚恩已經有我了，怎麼可能還想要另一名小幫手？」

「你們說得沒錯，我真是太失禮了。」

「波爺爺，你呢？你有報名嗎？」

「不，我目前有其他需要費心的事，所以這次就不參加了。」

「原來是這樣。」帕雷特笑了起來，「波爺爺最近為了茨露婆婆的事忙得分身乏術，整天在思考約會的計畫和送什麼禮物，根本沒空去想要怎麼打動蜜蜜。」

「不，呃！帕雷特，並、並不是你說的那樣……譚恩，沒想到連你都笑我。」

「對不起……」

「即使你不想爭取，那茨露婆婆呢？我認為她絕對想要擁有像蜜蜜這麼可愛的小貓。」

波爺爺聽了帕雷特的話，點了點頭說：

「沒錯，茨露婆婆報了名，而且還信誓旦旦的說，一定要把蜜蜜帶回家。」

「我就知道。波爺爺，你沒意見嗎？」帕雷特意味深長的抬頭看著波爺爺。

「茨露婆婆不是那種只能專心做一件事的人嗎？搞不好會整天只顧著蜜蜜，然後完全不理你。」

「這、這就傷腦筋了。你們說，我到底該怎麼辦？」

「你問我們，我們也幫不上你的忙，只能祈禱茨露婆婆不會被蜜蜜選中了。」

「嗯，但這未免有點太小心眼。總之，先去集會所再說吧，一起去看看結果到底如何。」

「嗯……」

譚恩和帕雷特，跟著波爺爺一起走向集會所。

天氣魔法師比比在集會所前遇到了很久沒有見面的人，忍不住發出驚叫聲。

「覓娜！好久不見囉！」

比比跑了過去，尋覓魔法師覓娜露出了滿臉笑容。

「哎喲，這不是比比嗎？你好，真的好久不見了，雖然不時會聽到不少關於你的傳聞。看到你一切平安，我真是太高興了。」

「嗯，我在這裡很開心囉，不瞞你說，我還交到了一起喝茶的好朋友囉。」

「哇，那真是太棒了。既然難得在這裡交到了好朋友，你一定要好好珍惜。」

「當然囉。覓娜，你什麼時候回到魔法街囉？你既然要回來，就應該早點告訴我囉，我就可以泡好茶等你囉。」

比比這麼喜歡覓娜是有原因的。

實不相瞞，因為覓娜就是當初喚醒沉睡在比比內心魔力的人。多虧了覓娜，比比才能成為天氣魔法師，並且在這條魔法街上開了店。所以，覓娜是比比的恩人。

比比一個勁的和覓娜聊天。

「你等一下有空囉？你無論如何都要來我的帳篷看看囉，我還想讓你看看我培育的天氣，還想和你聊一聊我到目前為止的工作情況，有很多話想和你說囉。」

「對不起，這裡結束之後，我必須馬上去另一個地方。我這次是硬擠出時間，才終於能夠趕回來，所以之後的行程都受到了影響，但是，我並不後悔，只要蜜蜜能成為我的搭檔，我特地跑這一趟就值得了。」

「啊？」比比瞪大了眼睛，「你該不會……覓娜，你該不會也報了名，想成為蜜蜜的主人囉？」

「嗯，對呀，如果可以和可愛的小貓一起到處旅行，簡直太棒了！更何況當初是我找到了蜜蜜，照理說，我應該把牠帶在身邊，把牠培養成我的小幫手，但是我實在分身乏術，所以只能交給十年屋。總之，我打算盡全力讓蜜蜜選中我，咦？比比，你怎麼了？為什麼露出這種表情？該不會……」

覓娜一臉恍然大悟。

「你該不會也報了名？」

「當然囉。」比比語氣堅定的說：「即使和我競爭的是你，我也一定不會輸囉，蜜蜜會成為我的搭檔囉。」

「哎喲，我可不會讓你得逞。」

這時，改造魔法師茨露婆婆擠到了比比和覓娜之間。

「蜜蜜一定會來我這裡，有那個可愛的孩子和我在一起，我一定會有更多豐富的改造靈感。」

三個人之間的氣氛劍拔弩張，幾乎迸出了火花。

這時，集會所的門終於打開了。在門外等候已久的魔法師們紛紛湧入了集會所。

集會所後方有一個小型舞臺，舞臺上漂亮的椅子簡直就像是寶座。盛裝打扮的蜜蜜一臉害羞的坐在椅子上，十年屋和客來喜就像騎士保護公主一樣守在蜜蜜的兩側。

十年屋看到集會所內坐滿魔法師後，大聲的宣布：

「感謝各位今天聚集在這裡，那我們差不多就開始吧。我相信各位都已經知道，蜜蜜正在找主人。想成為蜜蜜主人的魔法師，請上前來，逐一向蜜蜜自我介紹，同時也請說明你們對蜜蜜的認識，以及如果日後要一起生活，你們對未來的規劃，讓蜜蜜在了解這些情況的基礎上挑選主人。」

十年屋一說完，立刻有將近二十名魔法師走上前。改造魔法師茨露婆婆搶到了第一名，她急急忙忙的一口氣說道：

「我的魔法，就是把別人不要的東西改造成美好的東西。你之前也來過我的店，看過我改造的物品，是不是每一件物品都很歡樂、令人心動？我第一次看到你，就知道如果你來我的店，我可以改造出更多、更多閃亮亮的物品，所以請你無論如何都要來我這裡。我會為你準備可愛的衣服、你拿在手上剛剛好的小茶杯，還有娃娃和玩具，我會為你備妥所有的一切，請你一定要選我。」

茨露婆婆說完，輪到天氣魔法師比比自我介紹。比比拿起一條閃亮亮的大顆串珠項鍊說：

「這串項鍊上的每一顆珠子都是不同的天氣囉，我把手伸向星空、追著風跑、蒐集了太陽和月亮，才終於得到這些天氣囉。每一次都是快樂又興奮的冒險囉，培育微風和旋風、小雨和大雨、隔著樹葉灑下的陽光和盛夏的烈日，都像是在做實驗，有很多樂趣囉。所以如果你選中了我，我可以向你保證，你每天的生活都會充滿驚奇和調皮囉。」

第三個是尋覓魔法師覓娜。她那雙嫩草色的眼睛露出溫柔的眼神，緩緩的對蜜蜜訴說起來。

「蜜蜜，我的工作就是尋覓各種東西，也就是所謂的尋寶，就好像我當初找到你一樣。我雲遊四海，尋找隱藏起來的東西和意想不到的東西，我很希望可以和你分享有新發現時的快樂和喜悅，我們可以去任何地方，也可以到達任何地方，你不覺得這很自由，也很美好嗎？」

其他魔法師也都接連上前，充滿熱情的告訴蜜蜜，「只要你成為我的小幫手，我可以為你做這些事。」

蜜蜜陷入了猶豫，每一位魔法師的邀請都很迷人，也很精采，讓牠感到心動。無論挑選誰成為自己的主人，自己應該都能夠得到幸福，只不過每個人都缺少打動牠的關鍵因素。

蜜蜜坐在椅子上一動也不動，十年屋溫柔的小聲問牠：

「蜜蜜，怎麼樣？你有沒有找到想要追隨的主人？」

「呃……嗯……」

「如果沒有，不必勉強自己做決定。今天要不要先結束，請大家先回去？」

蜜蜜覺得這樣很對不起大家，淚水差一點奪眶而出。

「砰！」

就在這時，集會所的門被用力打開，一個男人衝了進來。

蜜蜜倒吸了一口氣，因為牠以前從來沒有見過這位魔法師。

那個男人又高又壯，皮膚很黑，一頭銀色頭髮閃耀著光芒，五官像獅子般剛毅又充滿威嚴。但是，他可能因為剛才上氣不接下氣的跑來這裡，所以正喘著粗氣、滿身大汗，那件金色鈕扣的紅銅色西裝上也滿是灰塵。

除了蜜蜜，其他魔法師也都驚訝的瞪大了眼睛。

男人在大家的注視下調整好呼吸才開口說話。

「抱、抱歉。因為我太著急了，所以把禮儀和所有的事情都拋在腦後。我用了所有的手段和絕招，才終於趕回來這裡。因為接到托托的鳥送來的信時，我在很遙遠的地方……」

男人在解釋自己的行為同時，雙眼不停在集會所內巡視，接著立刻發現了舞臺上的蜜蜜。他頓時挺直了身體，邁著堅定的步伐，大步走向舞臺。

走到蜜蜜面前後，他單膝跪了下來，和蜜蜜的視線保持相同的高度，動作輕柔的從懷裡拿出一把純銀的秤。男人出示了做工精細的銀秤，緩緩說了起來。

「可愛的貓小姐，我是銀行魔法師吉拉德，我的魔法，就是可以用這把秤，衡量世界上所有東西的價值。但是，即使不用這把秤，我也知道你對我的價值。你的價值無限，就算有堆滿整個世界的金幣，也比不上你的價值。我第一眼看到你，就了解到這一點。你也看到了，我是個粗人，也很無趣，即使你和我在一起，我也不一定能帶給你快樂，但我可以發誓，我會全心全意的珍惜你，所以，我衷心祈求你，是否可以成為我的小幫手？」

蜜蜜屏住呼吸，注視著銀行魔法師吉拉德。牠的心跳加速，好像快要跳出來了。

蜜蜜在和吉拉德四目相對的瞬間，就覺得心裡好像有一千個鈴鐺在作響，當吉拉德直接對牠說話時，牠的內心充滿了面對其他魔法師時，都不曾有過的心情。

啊，我想和他在一起。我不需要他帶給我幸福，我想盡最大的努力，帶給他幸福。

但是，即使牠想回答，也說不出話。

蜜蜜不發一語，拿出了一塊小手帕，就是那天晚上，在客來喜的指導下繡好的手帕。黑色的手帕上繡了金、銀和銅色的花。

黑色、金色、銀色和紅銅色，這些都是銀行魔法師的顏色。

蜜蜜深深體會到，自己早就已經決定了主人。牠把手帕遞給正不安的注視著自己的吉拉德。

吉拉德不知所措的看了看手帕，又看了看蜜蜜。

「這是？」

「這是我第一次繡的手帕，我決定找到主人之後，就把手帕送給主人。」

「所以……你選了我？」

「對。」

蜜蜜直視著雙眼發亮的吉拉德，意志堅定的點了點頭說：

尾聲

蜜蜜選中了銀行魔法師吉拉德。

其他魔法師都忍不住發出嘆息，尤其是那些報名角逐的魔法師，發出了更大的嘆息聲。

這些魔法師雖然失望，但並沒有人心生怨恨。

「喔！哇喔喔喔！」

吉拉德發出歡喜的聲音，他抱起了蜜蜜，轉著圈開始跳舞。大家看到他高興得像小孩子一樣，內心的不甘心也煙消雲散了，都紛

紛露出笑容，覺得這個結果太好了。就連改造魔法師茨露婆婆也完全沒有一句怨言，轉身準備離開集會所。

封印魔法師波爺爺看到茨露婆婆走向門口，立刻追了上去。

「茨露婆婆，真是太可惜了。」

「嗯，雖然很可惜，但我認為這樣很好。話說回來，我真是太驚訝了，沒想到銀行魔法師竟然會說出那麼熱情的話追求蜜蜜，簡直就像在求婚，我聽了都忍不住臉紅了。」

「只要你想聽，我的求婚可以更精采。」

「嗯？對不起，我剛才沒聽到，你說什麼？」

「沒、沒什麼，我是說，我想送賀禮給吉拉德。」

波爺爺的臉漲得通紅，說話也結結巴巴。

一旁的天氣魔法師比比悄悄對他說：「波爺爺，加油！」

✲

銀行魔法師吉拉德終於有了一隻可愛的女僕貓。

吉拉德對蜜蜜百般寵愛，蜜蜜則為吉拉德張羅所有的家事。

至於這對主人和小幫手從此將過著怎樣的生活，我們下次有機會再說。

魔法十年屋6
貓學徒的實習時間

作　　者｜廣嶋玲子
繪　　者｜佐竹美保
譯　　者｜王蘊潔

責任編輯｜江乃欣
特約編輯｜劉握瑜
封面設計｜蕭雅慧
電腦排版｜中原造像股份有限公司
行銷企劃｜林思妤、葉怡伶

天下雜誌群創辦人｜殷允芃
董事長兼執行長｜何琦瑜
媒體暨產品事業群
總 經 理｜游玉雪
副總經理｜林彥傑
總 編 輯｜林欣靜
行銷總監｜林育菁
副 總 監｜李幼婷
版權主任｜何晨瑋、黃微真

出 版 者｜親子天下股份有限公司
地　　址｜臺北市 104 建國北路一段 96 號 4 樓
電　　話｜（02）2509-2800　傳真｜（02）2509-2462
網　　址｜ www.parenting.com.tw
讀者服務專線｜（02）2662-0332　週一～週五：09:00~17:30
讀者服務傳真｜（02）2662-6048
客服信箱｜ parenting@cw.com.tw
法律顧問｜台英國際商務法律事務所・羅明通律師
製版印刷｜中原造像股份有限公司
總 經 銷｜大和圖書有限公司　電話：（02）8990-2588

出版日期｜2024年1月第一版第一次印行
　　　　　2024年8月第一版第三次印行
定　　價｜330元
書　　號｜BKKCJ109P
I S B N｜978-626-305-651-0（平裝）

訂購服務
親子天下 Shopping｜shopping.parenting.com.tw
海外・大量訂購｜parenting@cw.com.tw
書香花園｜臺北市建國北路二段6巷11號　電話（02）2506-1635
劃撥帳號｜50331356　親子天下股份有限公司

國家圖書館出版品預行編目（CIP）資料

魔法十年屋6：貓學徒的實習時間／廣嶋玲子 作；佐竹美保 繪；王蘊潔 譯. -- 第一版. -- 臺北市：親子天下股份有限公司, 2024.01
232面；17X21公分. --（樂讀456系列；109）

ISBN 978-626-305-651-0（平裝）

861.596　　112020179

"JUNENYA 6: MINARAI NO OJIKAN DESU"
written by Reiko Hiroshima, illustrated by Miho Satake